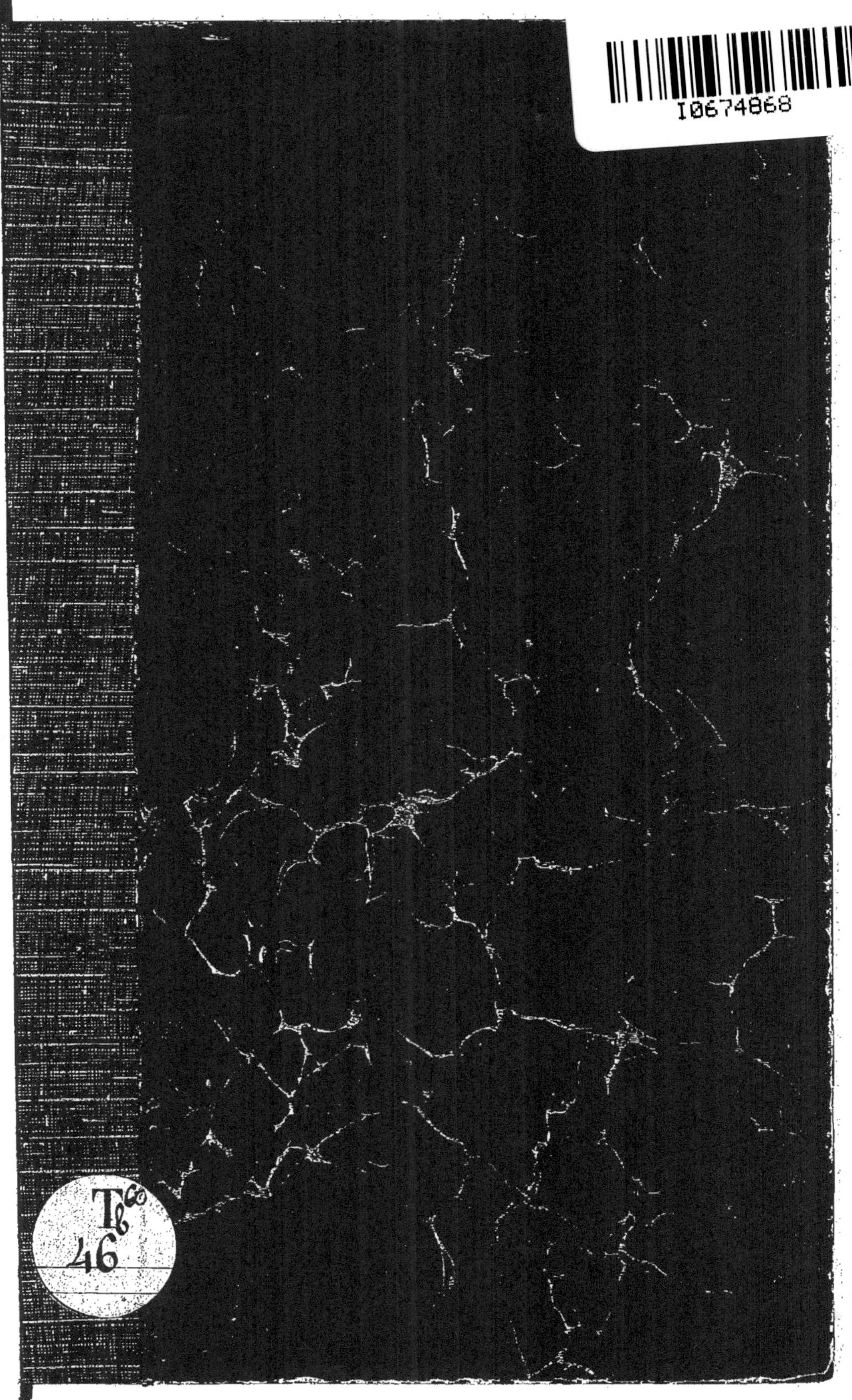
I0674868

Tb co
46

ÉTUDE

SUR

LES ILLUSIONS DU TEMPS

DANS

LES RÊVES DU SOMMEIL NORMAL

PAR

Justine TOBOLOWSKA

DOCTEUR EN MÉDECINE DE L'UNIVERSITÉ DE PARIS
ANCIENNE INTERNE P^re DES ASILES D'ALIÉNÉS DE LA SEINE
ANCIENNE EXTERNE DES HOPITAUX DE PARIS

PARIS
GEORGES CARRÉ ET C. NAUD, ÉDITEURS
3, Rue Racine, 3

1900

T^60_b
15

ÉTUDE

SUR

LES ILLUSIONS DU TEMPS

DANS

LES RÊVES DU SOMMEIL NORMAL

BIBLIOTHÈQUE NATIONALE R.F. IMPRIMÉS

PAR

Justine TOBOLOWSKA

DOCTEUR EN MÉDECINE DE L'UNIVERSITÉ DE PARIS
ANCIENNE INTERNE P[re] DES ASILES D'ALIÉNÉS DE LA SEINE
ANCIENNE EXTERNE DES HOPITAUX DE PARIS

PARIS
GEORGES CARRÉ ET C. NAUD, ÉDITEURS
3, Rue Racine, 3

1900

Tb 60
46

PRÉFACE

Il serait superflu d'insister sur l'intérêt que présente, tant au point de vue de la psychologie normale qu'à celui de la médecine mentale, l'étude de la vie psychique pendant le sommeil. Mais il y a, à n'envisager les choses qu'au point de vue des méthodes de recherches, deux façons de se représenter les rapports de la psychologie normale avec la psychologie pathologique. La méthode, universellement employée en France à l'heure actuelle, consiste à fonder la psychologie normale presque exclusivement sur les données de la psychologie pathologique. Entrevue par Taine, elle a dû surtout son essor à l'étude de l'état mental des hystériques, à l'étude de la suggestion et des phénomènes hypnotiques. Cependant, l'étude des phénomènes psychologiques normaux était quelque peu négligée.

L'autre méthode consiste au contraire à chercher dans la psychologie normale l'explication des phénomènes pathologiques ; ce fut la méthode de Moreau de Tours et de Brierre de Boismont, et c'est à elle que l'on peut rattacher le modeste travail que l'on va lire.

Certes, le sujet paraît être plus du domaine de la psychologie normale que de la psychologie pathologique. On verra même que je n'ai osé faire que fort peu de déductions et d'applications directes de la première à la seconde. Mais il ne faut pas perdre de vue que ce sont en somme des *illusions* que j'étudie, que ces illusions ont été souvent étudiées dans divers cas pathologiques, et que j'ai choisi pour les étudier les cas où elles semblent résulter du jeu d'un mécanisme normal.

Avant d'entrer en matière, c'est un plaisir pour moi de me conformer à l'usage, en adressant ici publiquement, à tous ceux qui furent mes maîtres dans les hôpitaux de Paris, l'expression de mon entière reconnaissance : à M. Ballet qui fut mon premier maître et dans le service duquel j'ai commencé à prendre le goût des études psychologiques : à M. Gilbert qui m'a enseigné l'art de l'observation minutieuse et précise, à M. Chaslin qui, tant par l'examen méthodique des malades du service, que par les causeries si érudites faites à leur sujet, m'a montré l'importance d'un diagnostic raisonné : à MM. Blum, Comby et Variot, dont je regrette de n'avoir pu suivre que peu de temps l'enseignement précieux : enfin à M. Deny qui, en laissant à ma disposition son beau service de la Salpêtrière, me permet de continuer à m'instruire dans la pathologie mentale.

INTRODUCTION

—

La vie psychique pendant le sommeil est caractérisée par le rêve.

Il est extrêmement difficile de donner des systèmes d'illusions que l'on comprend sous le nom de rêve, autre chose qu'une définition des mots ; mais s'il est très difficile de caractériser avec précision ce phénomène, il n'est pas moins certain qu'un des caractères qui contribue le plus à le différencier des autres espèces d'illusions, est le bouleversement habituel de la chronologie.

S'il y a pour les psychologues beaucoup de phénomènes plus intéressants et plus merveilleux que le rêve, il n'en est pas de même pour le vulgaire ; or il suffit de regarder les choses avec un peu d'attention pour voir que c'est en grande partie à ce bouleversement de la chronologie qu'est dû ce fait, que le rêve a été considéré comme un phénomène merveilleux, plein de mystères, par les poètes, les artistes et la masse de l'humanité. L'imagination même poussant les choses à l'extrême, prêtait à l'esprit du dormeur une indépendance plus grande encore, qu'il n'en a réellement vis-à-vis des lois du temps, et n'hésitait pas à donner au rêve un caractère souvent prophétique.

Cependant, chez les auteurs qui ont étudié le rêve scientifiquement, c'est un tout autre point de vue qui prédomine, sans doute à cause de l'idée qu'on se faisait de la notion du temps, habituellement considéré comme une catégorie indécomposable, et sur laquelle on n'essayait guère de porter l'analyse ; c'est avant tout l'étude des *éléments* du rêve, comparés avec les autres illusions des sens.

Maine de Biran dans ses *Nouvelles considérations sur le sommeil, les songes et le somnambulisme*, parle, mais d'une façon assez vague de ce fait qu'il nous arrive de confondre en rêve des temps et des lieux séparés par de grands intervalles. Ce qui est assez singulier, c'est qu'il voit là une des causes de l'allure souvent extravagante et contradictoire du rêve, alors que, comme nous le verrons, c'en est plutôt une conséquence.

R. Macnish (1830) cite des cas dans lesquels en quelques instants le sujet avait vu se dérouler les événements d'une durée apparente de plusieurs années, et Schubert dans son curieux livre sur *La symbolique du rêve* (1840), rapporte des observations analogues ; mais c'est Charma (1851), qui parait avoir fait le premier cette remarque que, d'une façon générale, il y a dans le rêve « une vivacité, une rapidité d'évolution que la veille ignore ». Dans le rêve, outre que nous passons brusquement d'une époque à l'autre, montant ou descendant l'échelle comme par hasard, nos idées semblent s'accumuler, se combiner avec une extrême facilité et entasser les heures dans une minute, les années dans une heure.

Brierre de Boismont (1852) parle également, mais sans y insister beaucoup, de la grande rapidité avec laquelle se succèdent les événements dans le rêve. Lemoine (1855) signale à son tour [p. 207], entre autres erreurs fréquentes dans le rêve, celle qui nous fait vivre en un moment l'espace d'une année ou même d'un siècle.

Macario (1857) ne fait guère que répéter, pour ce qui est du temps dans le rêve, les observations et les assertions de quelques-uns de ces prédécesseurs.

Enfin nous arrivons à Maury (1861) et à son admirable livre sur le sommeil et les rêves. Nous n'y trouvons malheureusement pas de chapitre spécial sur le sujet qui nous occupe, mais nous trouvons une observation curieuse du genre de celles qu'avait rapportées Macnish. Cette observation est devenue célèbre et a été depuis citée et discutée un grand nombre de fois.

En 1867 parut un ouvrage anonyme intitulé : « *Les Rêves et les moyens de les diriger.* » Ce livre peu connu et qui cependant mériterait presque d'être mis sur le même rang que celui de Maury, contient un nombre considérable d'observations originales du plus haut intérêt, prises avec un soin minutieux, et dont plusieurs seront utilisées dans le courant de ce travail.

Alix, dans deux études datées de 1883 et 1889 ne nous apprend pas grand'chose de nouveau. J'en dirais autant de Guyau qui, dans la « *Genèse de l'idée de Temps* » (1890) se place à un point de vue trop abstrait et trop éloigné de l'observation des petits faits de détail, pour pouvoir nous être d'un secours réel.

En somme, aucun travail d'ensemble, des observations éparses, dont les unes sont bonnes, les autres médiocres, et d'autres à peu près inutilisables, des théories plus ou moins fondées qu'un auteur avance et que les autres acceptent à peu près sans contrôle, c'est là surtout ce que nous avons trouvé.

Plus près de nous cependant a paru une série d'articles bien documentés de Tannery (1894 et 1888), de Le Lorrain (1894), d'Egger (1895), de Dugas (1897), contenant les uns et les autres des observations nouvelles bien prises et des théories intéressantes, mais ne portant guère que sur un point spécial : l'évaluation de la durée pendant le rêve.

Plan et méthode restaient donc pour ainsi dire à trouver, et l'absence de tout travail d'ensemble antérieur est venue augmenter encore les difficultés inhérentes à la forme même de la vie psychique dont l'étude était entreprise.

On se rendra facilement compte de cette dernière sorte de difficulté, si l'on remarque qu'un rêve est constitué non pas par un phénomène psychologique isolé, mais par un ensemble et une succession de phénomènes psychologiques complexes durant pendant un temps relativement long et formant un tout qui semble plus ou moins cohérent. Or, comme il est déjà difficile de décrire convenablement un phénomène psychologique simple, on peut dire qu'il est presque impossible de raconter exactement un rêve avec tous ses détails sans rien ajouter ou sans rien omettre. Chacun de nous sait par expérience personnelle, pour peu qu'il ait l'habitude d'observer, qu'en racontant un rêve, on fausse presque toujours la réalité, soit en cherchant à lui donner une forme définie, soit en simplifiant pour alléger la mémoire des faits en réalité très complexes et très vagues. Il en résulte qu'à quelques heures de distance la même personne ne donnera pas du même rêve deux versions identiques, à moins que douée d'une tournure d'esprit qui n'est pas rare, elle ne se soit très vite fabriquée à elle-même l'histoire qu'elle récite presque par cœur et prend très sincèrement pour la vérité.

Ce dernier cas qui est le plus dangereux, tient en grande partie à l'impossibilité où nous sommes au réveil de nous rappeler tout le rêve en bloc. « En réalité, fait remarquer très justement M. Tannery, nous ne nous souvenons pas de nos rêves, mais de la reconstruction que nous en faisons au moment du réveil, reconstruction qui a pour base les images fugitives encore présentes en ce moment à la mémoire, et aussi le travail logique, médiocrement commencé pendant le rêve, pour relier entre eux les tableaux successifs, travail qui en prolonge la durée apparente et en altère déjà les dessins. Lorsque l'on essaie de reconstruire un rêve intéressant, pour s'en souvenir et pour le noter aussitôt que possible, l'attention se porte d'abord sur les premiers tableaux ; il s'ensuit que, lorsqu'on arrive aux derniers, ils sont déjà à moitié effacés dans le souvenir, semblent moins nets et plus confus. Lors de mes premières observations, j'ai même été amené à croire que cette confusion et cette incohérence tenaient au commencement du réveil ; c'est seulement lorsque j'ai essayé de reconstruire mes rêves dans l'ordre inverse, que j'ai reconnu mon erreur, voyant les souvenirs devenir alors au contraire moins précis pour les premiers tableaux. Il résulte de là que, pour des rêves un peu complexes, même notés au réveil et avec la meilleure bonne foi, je ne puis avoir une confiance absolue en certains détails qui auront souvent une sérieuse importance... » [Tannery, 1898, p. 639.]

L'idée de temps est complexe, mais on peut ramener à trois les notions qui contribuent directement à la former. La première de ces notions, la plus fondamentale est la distinction du présent et du passé, la division de nos états de conscience en états de conscience nouveaux ou actuels, et en souvenirs. On peut l'appeler *notion de souvenir*.

Puis, parmi les souvenirs s'établit une classification. Nous savons que les uns sont plus anciens que les autres, nous savons qu'ils se sont suivis dans un certain ordre qui constitue ce que l'on peut appeler *notion de succession*.

Enfin, la troisième notion est la *notion de durée*, la notion de la longueur du temps, de la durée des événements.

Nous examinerons successivement ce que deviennent dans le rêve ces trois notions, et par quelles illusions elles peuvent être altérées.

CHAPITRE PREMIER

LES ILLUSIONS DU SOUVENIR

—

SECTION PREMIÈRE

DIVISION ET DÉLIMITATION DU SUJET.

§ 1er. — Division.

Il y a dans le souvenir deux éléments à distinguer : d'une part, les états de conscience qui en constituent la matière, qui sont *les souvenirs*, et d'autre part, ce quelque chose de particulier qui s'attache à ces états de conscience qui fait que le sujet ne les confond pas avec des sensations actuelles, qui fait en un mot qu'ils sont *reconnus*.

De là deux divisions dans cette partie de notre travail : l'étude des souvenirs faux ou paramnésies proprement dites, et l'étude de la fausse reconnaissance.

§ 2. — Faits à éliminer.

Quelques auteurs citent comme rêves accompagnés d'illusion du temps des cas se présentant ainsi : le sujet rêve qu'il se trouve dans un lieu en réalité inconnu de lui, avec des gens qu'il n'a en réalité jamais vus, et cependant, tant que dure le rêve, il ne se sent nullement dépaysé : il est aussi familier avec les circonstances, les lieux et les gens que s'il les avait déjà fréquentés.

Observation I. — Je me rappelle, raconte un élève de Burnham (1889, p. 444), qu'une fois, en rêve, j'entrai chez un bouquiniste. Le lieu m'était tout à fait familier ; et j'y passai quelque temps à regarder des livres et à causer avec des personnes que je connaissais. A mon réveil, je me rendis compte que je n'étais jamais allé dans une semblable boutique.

Ce rêve est tout à fait du même genre que le suivant :

Obs. II. — Je me souviens qu'avant de partir pour un long voyage dans lequel je devais faire la connaissance de personnes dont j'avais souvent entendu parler, dont je connaissais la vie, j'ai rêvé que je me trouvais dans ce pays, le paysage me semblait familier. Je me trouvais au milieu de ces personnes inconnues, qui pourtant me semblaient familières. Mais en somme j'avais l'impression que *je continuais* une vie qui était la mienne, et non celle de repasser par un état déjà vécu (Bernard-Leroy, 1898, p. 67).

« Il suffit de réfléchir un peu, fait remarquer M. Bernard-Leroy, pour se rendre compte que ce genre de rêves n'a rien d'exceptionnel : Il montre simplement que nous avons toujours (ou presque toujours) en rêve les sentiments en rapport avec la situation où nous croyons être. Si je rêve que j'arrive en Chine pour la première fois, je me sentirais désorienté. Si je rêve que je suis en Chine depuis longtemps, tout me paraîtra familier. Chacun de nous a dû faire bien souvent des rêves de ce genre. »

On peut ranger dans une catégorie voisine le rêve suivant rapporté par M. Egger :

Obs. III [Egger, 1898, p. 155]. — Je monte dans un petit omnibus analogue à ceux qui desservent les bains de mer de la côte normande (j'avais utilisé un de ces véhicules quelques semaines auparavant); les places du fond sont occupées; je m'assieds sur la première place à droite près de l'entrée ; celle d'en face est occupée par un jeune homme maigre, pâle, les cheveux et la barbe d'un blond passé, l'air intelligent, fatigué et modeste ; il tourne distraitement les pages d'une brochure; aussitôt et sans hésitation je reconnus Gambetta et ce nom évoqué est accompagné dans ma conscience de toute sa signification, j'eus le sentiment très exact du personnage et de son rôle politique actuel ; très poliment et non sans quelque émotion, je lui adresse la parole ; je l'interroge sur la situation politique du moment ; il me répond avec simplicité et compétence et nous nous en entrenons ainsi pendant quelque temps.

C'est probablement à des rêves du même genre que fait allusion M. Le Lorrain dans le passage suivant :

Obs. IV. — Je reconnais en rêve maintes figures, sans les voir distinctement, et malgré que le plus souvent elles m'apparaissent déformées à un point que dans la réalité je ne saurais les reconnaître; mais quelles que soient les modifications survenues dans la personnalité par une visite, et bien qu'au reste je les distingue très imparfaitement, je les reconnais sans hésitation (1895 p. 59-69).

Il est facile de comprendre la véritable nature de l'erreur dans ces rêves, en les comparant à ce qui se passe journellement dans la vie, lorsque nous prenons un objet ou une personne pour une autre. Il est probable que le jeune homme du rêve de M. Egger présentait quelques points communs plus ou moins patents avec l'idée que M. Egger s'est faite de Gambetta, car il semble bien que ce soit cette image qui ait évoqué dans son esprit l'idée du célèbre orateur.

Supposons que les faits se soient passés réellement et que M. Egger ait réellement pris un personnage inconnu pour Gambetta (je suppose pour plus de simplicité, que M. Egger ait vu Gambetta). L'erreur peut reconnaître trois causes : ou bien les différences qui existent entre Gambetta et l'inconnu ont pour base des traits particuliers que M. Egger n'a pas remarqués, lorsqu'il a vu Gambetta véritable ; ou bien il a remarqué ces traits, mais ne les avait pas présents à la mémoire, lorsqu'il était dans l'omnibus ; ou bien il s'est opéré dans ses souvenirs, une transformation telle, que le souvenir qu'il a de Gambetta modifié par le temps, se trouve être rapproché de l'image réelle de la personne actuellement assise devant lui. Dans les deux premiers cas, il n'y pas autre chose qu'un jugement faux, jugement faux reposant comme beaucoup d'autres sur des souvenirs *incomplets*, mais non sur des souvenirs faux. Dans le troisième cas seulement il y aurait un souvenir faux, une véritable paramnésie. Mais il est de toute évidence que la probabilité d'un mécanisme semblable est infiniment faible, comparée à celle des deux autres. Comment admettre que la transformation du souvenir se soit justement opérée de façon à ce que ce souvenir arrive à ressembler trait pour trait à un objet réel différent du premier ?

Évidemment, le même mécanisme peut dans le rêve donner lieu à des erreurs infiniment plus grossières que dans la veille ; si M. Egger au lieu de rêver de ce jeune homme, l'avait vu réellement, les ressemblances seraient apparues tellement faibles en comparaison des différences, qu'il n'y aurait pas eu de confusion possible ; éveillé et raisonnable, M. Egger en voyant ce jeune homme aurait peut-être pensé à Gambetta sans se rendre compte lui-même pourquoi, et n'aurait pas attaché d'importance à cette association d'idées inattendue.

J'irai même plus loin et je dirai que rien n'empêche d'admettre si l'on y tient, qu'il n'y avait eu absolument aucune ressemblance entre Gambetta et le jeune homme du rêve. Le souvenir ou l'idée que nous avons d'une personne ou d'un événement, n'est en somme qu'un substitut, dans le sens où Taine emploie ce mot, un signe. Or un signe peut ne présenter avec l'objet signifié aucune ressemblance. Dès lors, ce que prouverait surtout le rêve de M. Egger, c'est que dans le rêve le jeu des images est ordinairement dérangé de telle façon que ces images *signifient* souvent pour l'esprit tout autre chose que ce qu'elles auraient *signifié* pendant la veille. Un de mes amis m'en cite précisément à l'instant un exemple très simple et particulièrement net :

Obs. V [Inédite]. — J'ai rêvé la nuit dernière que mon ami R. me devait la somme de dix francs. Après différentes péripéties, à la fin du rêve, il me rendit ces dix francs, me mettant dans la main trois ou quatres pièces de deux sous. J'empochai gravement cette menue monnaie qui représentait parfaitement pour moi à ce moment les dix francs qui m'étaient dûs.

Pour mon ami, les quelques pièces de cuivre signifiaient dix francs, pour M. Egger un jeune homme blond signifiait Gambetta.

Les exemples suivants empruntés à Charma feront

comprendre encore mieux de quel genre d'illusion il s'agit :

Obs. VI. — Dans la nuit du 15 au 16 octobre 1849, dit-il [avril 1851, p. 49], je recevais une pelote sur laquelle s'alignaient cinq ou six rangées d'épingles. Cette pelote était une lettre par laquelle un grand personnage me recommandait un aspirant au baccalauréat; j'en lisais couramment le contenu et la signature, quoiqu'il n'y eût aucune analogie entre ce que j'avais sous les yeux et les caractères de nos alphabets...

Obs. VII. — Une autre fois [p. 96, note 44], j'avais devant moi un sourd-muet qui avait souffert je ne sais quel dommage, il me semblait qu'il pouvait avoir son recours en justice contre l'homme qui l'avait lésé, et faire valoir en sa faveur un article du Code civil. Pour lui communiquer ma pensée, je plantai dans la terre une baguette que j'avais à la main ; mon sourd-muet avait devant lui également plantée en terre, une baguette analogue à la mienne. Je lui fis signe d'imiter mes mouvements. Nous tirions alors de terre nos deux baguettes jusqu'à une certaine hauteur ; je lui montrais une entaille sur la partie du bois que nous devions mettre à découvert. Cette observation faite, nous soulevions de nouveau nos baguettes, et je lui indiquais un peu plus bas, une marque semblable à la première ; j'accompagnais ces indications de certains gestes qui rendaient si clairement ma pensée, que mon sourd-muet s'écria tout à coup, s'adressant à quelques personnes qui nous regardaient faire : « Voyez ! Il n'a pas appris notre langue ; cependant il la parle parfaitement. » M. Alphonse Le Flageron me contait ces jours derniers qu'une jeune personne de sa connaissance, transformée en prédicateur dans un rêve, débitait du haut de la chaire évangélique un sermon qui se composait de pelotes de laine qu'elle agençait et combinait de diverses manières : c'était comme une tapisserie de morale religieuse qu'elle présentait à ses auditeurs.

Il y a là tout un groupe de faits fort curieux, mais sans rapport direct avec les illusions du souvenir, et qu'il importait par conséquent d'éliminer du présent travail.

SECTION II

PARAMNÉSIES PROPREMENT DITES.

§ 1er. — Division.

Un souvenir est constitué par un groupe d'images.

D'une façon générale, les images peuvent réapparaître sous deux formes ; elles peuvent former des groupements très différents de ce qu'étaient ceux dont faisaient partie les sensations qui leur ont donné naissance. Ces groupements constituent alors des rêves, des rêveries, des constructions de l'imagination.

Mais les images peuvent également faire partie des groupes analogues à ceux qu'elles formaient alors qu'elles étaient des sensations ; c'est à ces groupes qu'est réservé le nom de souvenirs.

En principe, ces deux classes d'images présentent des différences bien tranchées, mais, comme souvent les constructions de l'imagination peuvent ressembler plus ou moins à des souvenirs, il peut arriver que ces constructions soient prises pour des souvenirs véritables.

Kraepelin qui a fort bien étudié les illusions de la mémoire, divise en deux catégories ces faux souvenirs.

Les plus simples constituent ce qu'il appelle paramnésies simples. Une paramnésie simple consiste en une construction d'imagination s'éveillant spontanément dans la conscience, et prise pour un souvenir localisé avec plus ou moins de précision dans le passé. Même chez des individus normaux, des inventions purement fantaisistes peuvent ainsi prendre l'aspect des souvenirs ; cela est particulièrement notable chez les enfants et chez les vieillards.

Mais il peut se faire qu'une construction d'imagination non seulement prenne la forme d'un souvenir isolé, mais se rattache par des liens imaginaires à des faits réels actuels ou passés, avec lesquels elle forme un ensemble ayant toute l'apparence en quelque sorte historique, c'est ce que Kraepelin appelle paramnésie associée. Dans cette forme « de paramnésie, dit Burnham, qui adopta la même classification [1888, p. 450], le faux souvenir est analogue à une expérience présente ou reliée à elle. Une impression actuelle suggère une illusion ou une hallucination de la mémoire. »

Un exemple fera mieux comprendre la différence entre ces deux formes :

Si aujourd'hui, assise à ma table de travail et cherchant à me rappeler ce que j'ai fait hier, j'avais le souvenir faux d'avoir été me promener au Bois de Boulogne, ce serait une paramnésie simple ; si aujourd'hui, assise à cette même table et me demandant pourquoi ma lampe éclaire mal, j'avais le souvenir faux de l'avoir brisée hier, ce souvenir faux, éveillé par des sensations actuelles, et indissolublement lié à elles, serait une paramnésie associée. Ainsi présentée, la classification de Kraepelin apparait à première vue comme résultant d'une distinction commode, faite entre deux catégories de faits, pratiquement assez dissemblables, mais on est tenté de la trouver un peu artificielle au point de vue théorique et de lui objecter que, tous les souvenirs faux se rattachant plus ou moins aux sensations présentes, il ne peut pas y avoir à proprement parler, de paramnésies simples.

Cependant, cette distinction est beaucoup plus légitime qu'elle ne paraît ainsi au premier abord : La paraménsie simple sans doute n'est pas absolument indépendante des conditions particulières du moment, mais elle l'est suffisamment pour que ces conditions ne puissent être considérées comme constituant sa véritable cause. L'erreur est en quelque sorte permanente et latente à la façon d'une idée délirante quelconque. La paramnésie associée est au contraire une erreur momentanée ou du moins n'existant pas à l'état latent, avant le moment où elle se manifeste. Cette division pourrait donc être conservée pour les faits de l'état de veille. Mais il me semble impossible de l'appliquer aux illusions du rêve, qui paraissent être toujours intermédiaires entre les deux classes.

Kraepelin dans son travail n'a nullement en vue le rêve ; les cas qu'il rapporte, ont été observés chez des malades à l'état de veille, sauf un qu'il a observé sur lui-même ; Burnham, au contraire, a beaucoup insisté sur l'existence des phénomènes semblables dans certains rêves. « Les formes les plus extrêmes de paramnésie suggérée, dit-il [1889, p. 450], telles qu'elles peuvent être appelées hallucinations de la mémoire, peuvent se montrer sporadiquement chez des individus normaux. Toutefois on n'en a pas encore rapportés de cas bien satisfaisants. Dans les rêves toutefois, elles ne sont probablement pas rares. »

§ 2. — Les faits.

Je trouve d'abord dans Maury deux observations :

Obs. VIII [Maury 1861, p. 96-96]. (Nuit du 4 avril 1861). — Je rêvais que j'étais en chemin de fer dans le train-poste et que j'avais été obligé de descendre à une station située près de Lagny. J'entrai dans un café d'où l'on découvrait toute la campagne ; l'on y apporta de la bière... Assis à une table, je reconnus un café où j'étais descendu jadis lors d'un autre voyage, voyage purement fantastique que je racontais dans mon rêve, comme remontant à sept ou huit années, à ma femme qui m'accompagnait. J'étais dans ce rêve persuadé que je reconnaissais les lieux, la table et toutes les circonstances de l'excursion antérieure, faite soit-disant avec mon frère cadet. J'avais donc alors la pleine conviction et le souvenir d'un rêve antérieur qui me revenait à l'esprit avec une parfaite lucidité ; j'éprouvais même un véritable plaisir à me retrouver dans des lieux jadis visités par moi en compagnie d'un frère, mort il y a plus de dix années, et que j'ai tant regretté.

Éveillé, tout plein encore de mon songe, je m'assurai que ce souvenir évoqué en rêve, devait avoir été un rêve antérieur : tous les détails étaient fantastiques ; il n'y a pas de café à la station de Lagny, dont la disposition ne répond d'ailleurs en rien à mes prétendus souvenirs. J'ignore à quelle époque j'ai eu ce premier rêve dont les images se sont réveillées dans ma pensée par l'apparition d'images semblables, car je l'avais totalement oublié ; mais diverses circonstances me font croire qu'ainsi que j'en étais convaincu en rêve, ce fait remonte à plusieurs années.

Obs. IX. — Il y a quelques années je me vois en songe dans une boutique imaginaire de la rue Castiglione, je reconnais celle où j'avais fait antérieurement des amplettes. Je parle au marchand, qui retrouve en moi une de ses pratiques. A mon réveil, l'image de cette boutique demeurait si fortement gravée dans ma pensée que j'ai cru un instant m'être transporté en rêve dans une boutique très réelle. Je me retraçais alors parfaitement les visites antérieure que j'y avais faites, et cependant ce souvenir était entouré de circonstances dont l'absurdité dénotait un pur rêve. Un peu de réflexion me suffit d'ailleurs pour me convaincre que la boutique était complètement chimérique, et je ne la retrouvai pas dans la rue où je l'avais imaginée. [Maury, ib., p. 94-95].

Obs. X. — Comme je parcourais en rêve, raconte un élève de Burnham [1889, p. 451], une rue de Baltimore, (rue imaginaire, je crois), j'eus le souvenir distinct d'avoir entendu dire par M. C... que cela avait été autrefois une des rues aristocratiques. — Tandis que, ajoute Burnham, le souvenir d'une partie du rêve était quelque peu vague, l'impression de mon correspondant était claire et certaine » Pour ce qui est du point en question « je me souviens distinctement, dit-il, d'avoir pensé : ceci est la rue dont on m'a parlé, quoique, en réalité, on ne m'eut parlé d'aucune. Je crois à l'heure qu'il est, quoique, naturellement, je ne puisse en être absolument certain, que cette pensée était accompagnée de l'image mentale de ces paroles, ainsi qu'il m'arrive souvent lorsque je me rappelle des choses de ce genre de façon très vive.

Voici une autre observation faite par la même personne :

Obs. IX. — En rêve, j'entre dans une chambre et je vois, assis à table pour souper, deux jeunes gens. L'un d'eux me dit que M. B... a été arrêté à Soutz (Kentucky), et qu'on a refusé l'extradition parce que à un certain moment il y avait eu un mandat d'arrêt contre lui dans ce pays pour avoir récusé le vote d'un individu (1). En entendant cela je me rappelai très clairement avoir entendu la même histoire (qui m'avait en vérité beaucoup surpris) quelque temps aupa-

---

(1) *Becose he had at one time a « warrant served on him here for challenging a man's vote ».*

ravant de la bouche de M. B... lui-même. Le seul événement de la vie réelle qui présentât quelque rapport avec ce faux souvenir, est ce que M. B... m'a raconté peu de temps après, d'une loi singulière de la Virginie ou de la Caroline du Nord, ne présentant d'ailleurs aucune relation avec le sujet de mon rêve. (BURNHAM, 1889, p. 452.)

Voici encore d'autres observations du même auteur :

OBS. XI [BURNHAM, 1888, p. 735]. — Je faisais une visite à l'éditeur d'un périodique bien connu et je m'informais du manuscrit d'un article que je lui avais envoyé quelque temps auparavant et dont je n'avais pas reçu de nouvelles. L'éditeur fit une réponse évasive qui me montrait qu'il n'avait jamais lu le manuscrit, mais qu'il ne voulait pas l'avouer. Je me rappelais assez clairement le fait d'avoir envoyé l'article ; et la réponse que mon rêve mettait dans la bouche de l'éditeur semblerait indiquer que je n'avais aucun doute là-dessus. En fait, à l'état de veille, j'avais souvent collaboré au périodique en question, mais aucun de mes manuscrits n'avait jamais été refusé. Peu de temps avant mon rêve, toutefois, j'avais envoyé un article à un journal, et n'en avais pas entendu parler depuis.

OBS. XII [1889, p. 452]. — Un élève de Burnham faisait en rêve l'ascension d'une montagne dans le *Blue Ridge*.

De cet endroit, continue-t-il, je voyais distinctement la ferme où j'avais l'habitude de m'arrêter, exactement comme elle existe actuellement. Dans un des champs (pensai-je) des charpentiers étaient à l'œuvre, préparant des champs de foire, dont je me rappelle tous les détails : champs de courses, chevaux ailés, etc. Je pensai alors que je me rappelais avoir entendu dire que ce champ était à vendre justement pour cet usage. En réalité, il n'y avait rien de tel dans la réalité. Mon ami n'avait que je sache jamais eu l'idée de vendre un de ses champs, encore moins d'en vendre un pour en faire un champ de foire.

Burnham raconte enfin (p. 451) un fait personnel :

OBS. XIII. — Je rêvais, dit-il, que je recevais une carte postale, et je me rappelai alors avoir écrit une lettre à laquelle la carte que j'avais devant moi était une réponse. En me réveillant, je me rendis compte que je n'avais jamais écrit de lettre de ce genre.

On lit dans le tome premier des *Proceedings of the American Society for psychological researches* l'observation anonyme suivante :

Obs. XIV. — Je vais vous raconter un rêve que j'ai eu il y a quelques nuits... Mon ami C. D. B. étant venu nous voir récemment avait causé avec Mme A. et moi à plusieurs reprises de différents voyages qu'il avait fait en Europe, insistant particulièrement sur ce qu'il avait observé en Espagne pendant son dernier voyage. Quelques nuits après je rêvais que je parcourais avec lui une collection de grandes photographies, représentant des vues d'Ecosse, que nous avions prises lorsque nous étions allés en Ecosse ensemble ; sur un grand nombre de ces photographies on me voyait dans des attitudes variées au milieu de différents groupes de personnages. Or, nous ne nous sommes jamais, M. B. et moi, trouvés en Europe ensemble, et de ma vie je ne suis allé en Ecosse. Cependant à chaque photographie qui m'était montrée, je ressentait un vif plaisir de reconnaître des scènes dont je me souvenais fort bien, et je m'écriais fréquemment : « Comme je me rappelle bien cela! ne vous souvenez-vous pas du jour où nous sommes allés là ? etc. » je puis encore me rappeler les grandes lignes de plusieurs de ces tableaux, des parcs, des paysages, etc., tels qu'ils apparaissaient sur ces photographies, et le vif plaisir que je prenais à les revoir et le souvenir que j'avais d'un grand nombre d'endroits et de particularités de notre commun séjour dans ces endroits autrefois. Je rêvais avec l'illusion habituelle au rêve, que dans un de ces endroits, Mme A. s'était trouvée avec moi, et je me retournais pour lui demander si elle ne se souvenait pas du jour où nous avions été là, et de ce que nous avait dit la vieille hôtelière de l'endroit ..

Tannery en 1898, sans paraître connaître les observations de Burnham (ni le travail de Krapelin d'ailleurs), a rapporté et discuté plusieurs observations faites sur lui-même p. [637-640].

Obs. XV. — Un soir, en rentrant d'une tournée de service je trouve une lettre d'invitation pour le lendemain à l'enterrement d'un fonctionnaire avec lequel je n'étais pas particulièrement lié. Pendant la nuit, je rêve que je suis le convoi ; je me vois à côté d'un de mes bons amis... M. Espinas. Il me demande des détails sur la mort de M. F., je lui répond, ce qui était vrai, que j'avais ignoré sa maladie, mais que M. Gayon, notre ami commun m'a appris que etc. Je vois en même temps ce même et cher ami marcher à quelques rangs devant nous, tandis que je vois souvent très nettement que c'est lui qui m'a dit ce que je raconte à M. Espinas (et qui d'ailleurs n'est nullement conforme à la réalité). A mon réveil, il m'est impossible au contraire, de retrouver dans ma mémoire un tableau du rêve dans lequel j'avais conversé avec M. Gayon.

Obs. XVI. — Un jour, je joue au whist, après un coup assez discuté, je suis conduit à affirmer à mon partenaire qu'à l'avant-dernière levée il a jeté le sept de carreau, ce qu'il nie, sans se rappeler d'ailleurs la carte dont il s'est débarassé. Or, mon souvenir est absolument net ; je le vois encore tenant le sept de carreau et le mettant sur le tapis, je vois aussi que les cartes ont été ramassées dans l'ordre : on étale donc l'avant-dernière levée, le sept de carreau s'y trouve bien, mais il a été jeté par le joueur de ma gauche, non par mon partenaire (d'en face).

Obs. XVII. — Je me vois passant quelques jours à la campagne chez un de mes amis ; je m'y trouve en nombreuse compagnie et nous faisons une promenade. Elle aboutit à une station de chemin de fer qui présente une disposition singulière. A ce moment, je me rappelle très nettement que la veille nous avons fait la même promenade, très agréable. et que j'ai remarqué cette disposition, puis nous revenons au château de notre hôte. A ce moment je me réveille...

Plus loin, parlant encore de ce troisième rêve, l'auteur ajoute :

Je remarque tout d'abord que, à part mon ami et sa famille, tout dans ce rêve est de pure imagination ; je n'ai jamais été dans sa propriété qui est située dans une tout autre contrée que celle où la place mon rêve, contrée où je n'avais jamais été non plus. Les compagnons de ma promenade sont des inconnus anonymes, enfin la disposition de la station (également anonyme) est simplement impossible.

Je termine par l'observation suivante, due à M. Egger (1898, p. 156.)

Obs. XVIII. — Le 20 juin 1878, étant couché, contrairement à mon habitude, sur le côté, mon rêve me promène dans les bâtiments de l'École normale supérieure ; j'arrive en face d'une porte fermée et je me dis en des paroles intérieures dont le texte n'a pas été retenu ; mais seulement la voix : « C'est dans la salle qui est derrière cette porte que le docteur anonyme m'a fait la résection de l'épaule, une terrible opération ! et pourtant je n'étais pas malade, c'était une simple précaution préventive. »

§ 3. — **Les interprétations.**

Par quel mécanisme se forment ces souvenirs faux ? M. Tannery soutient qu'ils représentent en réalité des souvenirs de rêves antérieurs : ces souvenirs proviendraient, dans tous les cas « d'un autre rêve, oublié ou non parvenu à la conscience, ayant eu lieu soit dans une nuit antérieure, soit dans une même nuit. » [1898, p. 637.)

Pour ce qui est en particulier du premier cas qu'il rapporte (obs. XI), « il n'y a, dit-il, que deux alternatives possibles : ou bien ce tableau de ma conversation avec M. Gayon a réellement figuré dans un de mes rêves de la même nuit (dans le même rêve si l'on veut), mais il était oublié au réveil, tandis que je m'en souvenais pendant le rêve ; ou bien ce tableau n'a nullement existé, et le souvenir dans mes rêves a été une simple illusion. » Au sujet du deuxième rêve, (partie de whist) : « L'image, spontanément présente à mon souvenir, est évoquée, image, d'autre part, tout à fait fraîche, était devenue illusion par substitution d'une de ses parties à une autre..... Je ne croirai guère, au moins jusqu'à exemple personnel du contraire, à la possibilité de la formation spontanée de toutes pièces, dans la mémoire, d'une image fausse dans tous ses détails comme dans son ensemble. » [p. 640.]

La même hypothèse avait été proposée déjà par M. Dechambre. [Art. Rêve, *Diction. Encyclop.*, p. 277.] « Il n'est pas sans exemple, dit-il, d'avoir des songes tout à fait extraordinaires qui se montrent comme des événements isolés dans l'existence de celui qui rêve et dont le souvenir, très faible au moment du réveil, se reproduit plus tard avec beaucoup plus de vivacité lorsque les mêmes causes rappellent les mêmes songes, qui se présentent alors comme une situation antérieurement éprouvée et dont on se rappelle toutes les circonstances..... »

En fait, on sait depuis longtemps qu'un rêve peut se reproduire identiquement ou non à des intervalles plus ou moins longs, soit dans son intégrité, soit dans ses parties essentielles, sans être, le moins du monde, reconnu par le dormeur, ou, en tout cas, sans que les fragments reproduits soient pris pour des souvenirs. « Les incidents de l'époque où j'ai passé mes examens, dit Alix [1883, p. 561] donnent lieu à des réapparitions fréquentes des mêmes sensations. Quand je rêve à ces temps éloignés, ce ne sont pas les événements passés qui se présentent, c'est la reproduction exacte d'un premier rêve qui m'a fort impressionné, il y a de longues années. C'est toujours dans la même ville que je me trouve placé, mêmes émotions finales qui me réveillent et m'agitent si fortement qu'il me faut un certain temps pour reprendre la conscience de la réalité. Et cependant tout ce que j'éprouve n'a jamais existé. »

Les observations citées par M. Tannery ne seraient donc, que des cas particuliers rentrant dans une catégorie de rêves relativement fréquente, cas particuliers ne différant des autres qu'en ce que les fragments reproduits qui sont reconnus et pris par le dormeur, non pour des faits réels et actuels, mais pour des souvenirs de faits réels. Mais pourquoi y aurait-il reconnaissance dans certains cas et non dans d'autres? En admettant donc que les choses se soient passées comme le suppose M. Tannery, son explication ne fait que déplacer le problème sans le résoudre.

Est-il du moins prouvé que les choses se passent ainsi? L'hypothèse de M. Tannery d'après son auteur lui-même, ne s'appuie pas directement sur l'observation des faits : M. Tannery suppose en s'appuyant sur des vues théoriques, qu'il a dû y avoir un rêve antérieur, mais il n'a jamais eu à l'état de veille le moindre souvenir de ce rêve.

Or, que faudrait-il pour que l'hypothèse de M. Tannery présentât quelque apparence de fondement? Il faudrait que l'on eût observé deux périodes de sommeil S et S', séparées et encadrées par trois périodes de veille V, V' entre S et S' et V'' réveil définitif; que pendant V' l'observateur eût le souvenir d'un songe Σ, survenu pendant S et n'ayant pas d'analogue dans les événements de la veille V et enfin que pendant V'', il ait le souvenir d'un rêve Σ', survenu pendant S' contenant de faux souvenirs, faux souvenirs constitués en réalité par des fragments de Σ identiquement répétés dans Σ'.

M. Tannery paraît s'en être rendu compte et comme les faits cités plus haut ne s'étaient pas présentés dans ces conditions idéales, il a essayé de s'y placer et de produire expérimentalement des rêves contenant une illusion de mémoire. C'est ainsi que, s'éveillant après un rêve ordinaire, « j'essayai, dit-il [p. 330], en me rendormant, d'arrêter mes pensées sur le rêve qui venait de cesser, je cherchai à le recommencer, pour observer si alors il contiendrait comme élément un souvenir du rêve immédiatement précédent, et avec quels caractères se présenterait ce souvenir. Il ne m'arriva que très rarement (une fois ou deux) de retrouver un rêve ayant une analogie véritable avec le précédent, mais quant au souvenir je ne pus rien remarquer de précis. »

J'ajouterai que quand bien même les conditions que j'ai énumérées auraient été racontées, l'hypothèse de M. Tannery, n'en recevrait pas une démonstration absolue. Il me semble, en effet, qu'il serait toujours impossible d'affirmer d'une façon certaine que les faux souvenirs contenus dans Σ' eussent pour origine des tableaux de Σ et ne fussent pas simplement des combinaisons issues de la même source. (Cf. Egger, 1895).

En somme, dans les cas qui viennent d'être rapportés, la paramnésie est constituée par l'apparition d'une image ne répondant à aucun fait passé réel, pas plus d'ailleurs que les autres images qui composent le rêve, mais se distinguent d'elles en ce qu'au lieu d'être interprêtée comme un fait actuel, elle est considérée comme ne correspondant qu'à un fait passé déjà.

Dans certains cas, dont le rêve de M. Egger est le type, on voit assez bien d'une part, comment a été amenée l'image en question, et d'autre part, pourquoi elle a été rejetée dans le passé.

Voici l'interprétation que M. Egger [p. 156] propose pour son propre rêve qui a été rapporté plus haut (obs. XVIII. p. 23) : « Étant couché sur le côté, position anormale pour moi, j'éprouvai une certaine gêne dans l'épaule droite ; j'ai traduit cette sensation faible par un souvenir... un souvenir est un état faible ; rêver qu'on m'opérait l'épaule droite eût été ridicule ; rêver qu'on me l'avait opérée l'était beaucoup moins, puisqu'une épaule opérée doit rester sensible pendant bien des années, sinon pendant toute la vie. Maintenant, pourquoi ai-je déterminé l'opération avec cette précision ? C'est que sept ans et demi auparavant, j'avais assisté à une résection de l'épaule ; l'opération assez mal conduite, avait duré trois quarts d'heure, me laissant, comme c'est naturel, un souvenir durable. Enfin, une opération ne se fait pas dans un escalier, ni dans un couloir, mais dans une salle : il était donc assez logique de supposer une salle derrière la porte aperçue en rêve, ou d'imaginer une porte, signe d'une salle, étant donné que je pensais à une opération... Un état de conscience très faible, sensation dans le cas cité, image ou groupe d'images dans d'autres cas, serait interprété comme souvenir, à cause de sa faiblesse même ; parallèllement, simultanément aux états relativement forts que nous externons, la conscience du rêveur contient des états très faibles, subconscients ; leur extrême faiblesse est un prétexte à reconnaissance, comme la force des autres est le prétexte de la perception externe par laquelle nous les interprétons à tort. »

En un mot, M. Egger suppose que la paramnésie est due à l'apparition d'une image ou d'une série d'images, qui à raison de leur faiblesse sont interprétées comme des souvenirs.

Je ne crois pas cette explication suffisante. Je crois que si l'image est ainsi rejetée dans le passé, c'est beaucoup moins à cause de sa faiblesse (elle est quelquefois assez forte, cf., obs. XVI, p. 22) que parce que si elle était considérée comme actuelle, la succession des événements du rêve serait par trop inexplicable et incohérente. Le rejet dans le passé est comme une tentative de classification faite involontairement par le dormeur. On pourrait certainement suivre le développement de ce mécanisme en étudiant une série de cas bien choisis.

Obs. XIX [Inédite]. — Un de mes amis rêve qu'il assiste au repas du président de la République : « Je vois M. Loubet à table, faisant son premier repas présidentiel. Il est assis à une table ronde où auraient pu prendre place quatre personnes... La table est couverte d'une nappe blanche. Il mange... Il y a plusieurs personnes, des personnages officiels qui déjeunent également, vêtus de noir à quelques pas de distance, à droite et à gauche de la table présidentielle. Vis-à-vis du président je remarque deux couteaux : l'un que je ne me rappelle plus exactement, l'autre qui est un couteau de cuisine muni d'une lame triangulaire, plus courte et plus large qu'elles ne le sont habituellement ; elle est grasse et porte des débris de comestibles comme si elle avait servi pour des sardines à l'huile ; le manche est en bois blanc, gras également. Il me vient à l'idée en le regardant, que c'est le couteau dont se servait M. Loubet avant d'être président. »

Nous voyons dans ce rêve le sujet relativement conscient et raisonneur, assailli par des images incohérentes et disparates, et cherchant à s'en donner une explication. Il n'aurait fallu que très peu de chose, un peu plus de vie et de couleur dans cette explication abstraite, pour qu'elle simulât un souvenir, pour que le sujet se soit rappelé avoir vu M. Loubet, non encore président, se servir du couteau.

La suite du même rêve nous montre d'ailleurs un autre fait du même genre :

Obs. XIXbis. — Reportant mon attention sur le personnage qui était tout à l'heure M. Loubet, je vois que c'est maintenant sa mère, elle déjeune ; le Président déjeune vis-à-vis d'elle, mais il lui tourne le dos. Il est encastré au milieu de la table dont il a le bord devant lui ; je fais la réflexion qu'on a dû pratiquer dans la table, sans doute une vieille table en bois blanc, à l'aide d'une scie à chantourner, une ouverture circulaire à travers laquelle passe le corps du Président, que l'intervalle entre le bois et ledit corps est obturé exactement par les nappes, que c'est beaucoup plus commode pour servir. — et je vois un domestique qui offre un plat au Président.

Ici nous voyons encore le sujet s'offrant une explication d'un tableau incompréhensible : mais cette explication paraît s'être présentée sous une forme sensiblement plus concrète et en outre, elle est double : il y a la réponse au *pourquoi* et la réponse au *comment*.

Comment le Président peut-il se trouver au milieu de la table ? — En réponse apparaît le tableau de la scie découpant le bois, avec l'aspect particulier du bois, etc. Pourquoi le Président est-il ainsi placé ? — pour faciliter le service : tableau du domestique apportant le plat.

La deuxième réponse a été prise pour un évènement actuel, parce qu'elle constituait un tableau qui cadrait bien avec le reste du rêve. Pour que la première fût prise pour un souvenir, peut-être ne manquait-il qu'une chose, c'est que le sujet ait pu vraisemblablement jouer un rôle personnel dans le tableau qui se présentait à son esprit.

En somme, je crois que la production des faux souvenirs en rêve, est surtout sous la dépendance de l'organisation que le sujet fait inconsciemment des tableaux décousus qui se présentent à son esprit.

SECTION III

FAUSSE RECONNAISSANCE.

§ 1er. — Les Faits.

On connaît la célèbre illusion décrite pour la première fois par Wigan en 1844 sous le nom de *Sentiment de préexistence* : « C'est, dit-il [1844, p. 84], une impression soudaine que la scène à laquelle nous venons d'assister à l'instant (quoique, étant donnée la nature même des circonstances, elle n'ait pu être vue antérieurement) s'est déjà trouvée sous nos yeux autrefois, avec les mêmes personnes, causant, assises, exactement dans les mêmes termes. Les poses, les expressions, les gestes, la voix, il semble qu'on *se souvienne* de tout et que tout cela attire notre attention pour la seconde fois. *Jamais* on ne suppose que ce soit la troisième fois. »

Cette illusion a été étudiée depuis par un grand nombre d'auteurs, dont on trouvera les noms dans l'étude d'ensemble qu'a faite sur ce sujet M. Bernard Leroy (1898). Son caractère essentiel, d'après cet auteur, est qu'elle « porte, non pas sur une perception isolée, mais bien sur le total des perceptions et états affectifs qui se trouvent dans le champ de la conscience, à l'instant considéré ; il y a pour ainsi dire rejet dans le passé, antériorisation de la perception elle-même [1898, p. 27] ». En un mot, la situation actuelle semble être la répétition identique d'une situation antérieure. Les cas d'illusion de ce genre, survenue en rêve, ne sont peut-être pas rares, mais on a peu d'observations incontestables. Plusieurs personnes, interrogées par M. Leroy, ont dit y être assez sujets, mais n'ont pu raconter que fort peu d'exemples précis. En voici quelques-uns :

Obs. XIX [Bernard Leroy, 1898, p. 33-34]. — J'ai rêvé, il y a quelques jours, dit C. Q., que quelqu'un me lisait un passage d'un livre que je voyais d'ailleurs moi-même. Je revois encore maintenant les caractères très nets, hauts, étroits, biens gravés : les lignes très espacées, courtes, avec de larges marges, ressemblant à de la poésie, sans majuscule toutefois en tête des lignes, le papier teinté de jaune. Je croyais (toujours en rêve), me rappeler avoir déjà vu ce passage, et je faisais les plus grands efforts pour localiser ce souvenir. J'ai réussi pour tout résultat, à me réveiller (2 heures du matin). Il est intéressant de noter qu'en rêve je me disais à moi-même : ce n'est qu'une paramnésie.

Obs. XX (Id., ib. p. 142-143). — « Je rêve, dit A. J., que je passe au coin d'une rue de Moscou où il y a la boutique d'un épicier ; un dwornik en chemise rouge et chaussé de bottes balaye le trottoir. Or, je rêve que j'ai déjà rêvé pareille chose. »

Obs. XXII. — [Ibid. Obs. 37. p. 143.] — Il m'est arrivé même de rêver que j'ai accompli un acte identique, dans des circonstances analogues plusieurs fois *dans un passé de rêve*. Il y a ici une distinction assez délicate à établir. Ai-je rêvé un rêve réellement vu dans le passé, ou bien, était-ce une véritable paramnésie hypnagogique ? J'incline vers cette dernière hypothèse, puisque jamais à mon réveil je ne m'étais souvenu d'avoir rêvé pareille chose.

Obs. XXIII. [Ibid. Obs. 82. p. 239-240.] — C'était un matin, je dormais encore, je rêvais même, mais un tel rêve qu'il me semblait le connaître déjà, l'avoir déjà rêvé, je me réveillai de moi-même, et au réveil je songeai qu'il était ridicule d'avoir ainsi fait deux fois le même rêve. Repassant alors dans mon esprit tout le rêve, je le trouvai concordant en tous points avec celui que je me figurais avoir rêvé autrefois : cette idée ne me laissa pas de repos toute la journée : enfin, à force de réfléchir, je parvins à me convaincre que je n'avais jamais fait de rêve semblable auparavant.

Obs. XXIV. — Il m'arrive souvent en rêve, encore aujourd'hui, dit M. Mario Pilo [ibid. Obs. 48, p. 178], de me dire que les mêmes choses me sont arrivées déjà, dans les mêmes circonstances, avec une exactitude absolue de détails, souvent aussi, il ne s'agit que de ressemblances, ou de continuation de rêves commencés une nuit précédente. Ma mauvaise mémoire fait que je ne puis décrire aucun de ces rêves ; mais il s'agit presque toujours de scènes de voyage (trains ou bateaux manqués, tickets perdus, embarras pour les bagages...) ou de discussions d'art et de science.

La difficulté pour les cas de ce genre est naturellement de savoir si le sujet n'a pas réellement rêvé pendant une nuit antérieure l'épisode qu'il doit reconnaître. Les cas ne sont pas rares en effet de rêves se reproduisant presque identiquement pendant deux ou plusieurs nuits. Chez certains sujets ses répétitions se produisent avec une constance tout à fait remarquable, et ont été étudiées par différents auteurs.

Cette difficulté cependant est plus apparente que réelle, d'abord je ferai remarquer que dans ces cas, le sujet ne s'aperçoit pas en général sur le moment, c'est-à-dire pendant le rêve même, de cette identité, il ne la reconnaît qu'au réveil; ensuite, et ceci est plus important, dans les cas où il se rend compte d'avoir déjà fait le même rêve, cette reconnaissance vraie se présente d'une façon très différente de la fausse reconnaissance. Voici la règle que donne M. Bernard-Leroy : « Si le sujet dit avoir reconnu *l'ensemble* du rêve, non les détails, ce n'est pas une fausse reconnaissance, il y a réellement eu deux rêves analogues et semblables... Si au contraire la reconnaissance a porté seulement sur *une partie* du rêve, nettement découpée dans le temps et si d'autre part, elle s'est étendue jusqu'à des détails infimes, très probablement, c'est une fausse reconnaissance » (p. 68).

§ 2. — Les Théories.

Les nombreuses théories que l'on a proposées pour expliquer le phénomène de fausse reconnaissance, sont exposées et discutées en détail et d'une façon très complète dans le livre de M. Bernard-Leroy. Je ne puis mieux faire que d'y renvoyer le lecteur. Je me contenterai ici d'exposer et de discuter deux théories qui ne se trouvent pas dans ce volume, et celle de M. Bernard-Leroy lui-même.

Le philosophe Pythagore passait pour s'être rappelé dans le cours de sa vie des souvenirs datant d'une vie antérieure. On pourrait, avec beaucoup de bonne volonté, trouver là quelque allusion à des faits de fausse reconnaissance interprétés conformément aux doctrines de la métempsycose, quoiqu'en réalité ces théories métaphysiques n'eussent pas suffi à expliquer le phénomène qui nous occupe ; pour comprendre comment le sujet pourrait, après une ou plusieurs réincarnations se trouver dans des circonstances telles qu'il se rappelât (ne fut-ce qu'un instant) les avoir déjà vécues de façon identique, il aurait fallu admettre avec Héraclite et les stoïciens, le renouvellement intégral du monde [cf. Lalande 1893, p. 493]. Aussi n'ai-je pas été médiocrement surprise de rencontrer dans un ouvrage contemporain une sorte de résurrection de cette hypothèse :

« Le sentiment de préexistence, dit Marie de Manacéine [1896, p. 341-343] peut apparaître simultanément chez deux sujets, mais toujours chez deux sujets qui soient proches parents comme deux sœurs, ou deux frères, ou un frère et une sœur, en un mot, chez deux sujets appartenant à la même famille, descendant des mêmes aïeux. Autant que je sache, ce sentiment de préexistence n'apparaît jamais simultanément chez deux personnes qui ne sont pas réunies par les liens d'un même sang. L'amitié la plus intime et même la vie commune des époux ne peuvent remplacer, sous ce rapport, la parenté du sang, la communauté d'origine.

Comment expliquer ce fait là ? Il nous paraît que l'explication la plus vraisemblable réside dans l'hypothèse qu'en des moments pareils, alors que ce sentiment de préexistence s'impose à nous, nous avons la conscience de ce qui a été senti et vécu par quelqu'un de nos aïeux plus ou moins proches : nous revivons ce qui nous a été héréditairement transmis par nos ancêtres, semblablement à ce qui nous arrive pendant les rêves rétrospectifs ou ataviques, dont il a été question plus haut... Nous savons que les formes de notre pensée, c'est-à-dire la nécessité de tout nous représenter comme existant dans le temps, dans l'espace, et comme ayant une cause suffisante, nous sont transmises par hérédité. Nous savons aussi que chaque faculté psychique de l'homme se fortifie et s'accroît par l'exercice. Nous savons enfin que les gestes caractéristiques, que les talents spéciaux, que les traits originaux, ainsi que les particularités de l'écriture et de la pensée elle-même, se transmettent héréditairement d'une génération à l'autre — mais, certes, inconsciemment. — Nous savons tout cela et, nous appuyant sur des faits pareils, nous osons jeter un regard dans le nébuleux lointain du futur et supposer que dans la perspective infinie des temps à venir, il peut arriver un moment où le développement *(sic)* si considérable que nous, les hommes, nous aurons la possibilité d'avoir conscience, pour ainsi dire, en arrière du rétrospectif, de savoir *consciemment* ce que nos aïeux plus ou moins reculés, ont senti, éprouvé, pensé, vécu, et ce qu'ils nous ont légué, comme un patrimoine imprescriptible. A ce point de vue, nous devons considérer ces cas de sentiment de préexistence qui se rencontrent à présent à l'état de phénomènes isolés et incompréhensibles, comme les faibles lueurs d'une aurore présageant la venue, fût-elle encore éloignée, de ce jour éblouissant où la conscience humaine aura enfin atteint le sommet de son développement, la plénitude de ses forces ! »

Je crois légitime d'envoyer l'hypothèse de Manaceïne rejoindre les autres hypothèses mystiques qui ont été faites sur le même sujet ; j'entends par là toutes celles qui font de la fausse reconnaissance non une erreur, mais une sorte de phénomène d'intuition sinon surnaturelle, du moins extra-sensorielle, c'est-à-dire impliquant la possibilité de l'acquisition d'états de conscience autrement que par la voix des sens. Il n'y a pas lieu de discuter séparément de telles hypothèses qui sont en contradiction absolue avec les fondements universellement acceptés de la science psychologique. On sait en effet que s'il est admis actuellement, que nos tendances considérées d'une façon générale, sont dans une certaine mesure innées, et nous viennent en grande partie par l'hérédité et l'atavisme, la base fondamentale de la psychologie expérimentale n'en est pas moins que chacun de nos états de conscience considéré en lui-même, a pour racine une ou plusieurs sensations.

En 1899, le docteur Thibault a repris en la présentant on ne sait pourquoi comme personnelle, une hypothèse qui avait été déjà proposée par Bourdon [1893, p. 630-631], par Sander, par Ribot [1881, p. 150.] La fausse reconnaissance, selon lui, serait constituée par le fait de deux situations analogues, ressenties, comme *identiques*, [p. 109]. « C'est, dit-il, une illusion consistant en ce que : Une perception et une émotion actuellement perçues par un sujet, rappellent à sa conscience sous l'influence de certaines causes (âge, fatigue, intoxication, etc.) amenant excitation passagère d'une forme de son activité cérébrale (la subconscience) rappellent, disons-nous, une perception et une émotion analogues antérieurement perçues et oubliées. Ce rappel de mémoire par analogie est jugé d'une façon erronée, par suite de sa briéveté et de son retour rapide à l'oubli... La perception première, rappelée, ne peut être localisée à une date fixe, par suite du phénomène incomplet et trop court de mémoire, et pour cela, est rejetée dans le passé à une date plus ou moins éloignée. »

On peut objecter d'abord à ces explications qu'elles sont en contradiction avec certaines observations où les sujets racontent avoir reconnu une situation alors qu'il était matériellement impossible qu'ils se fussent trouvés auparavant dans une situation même analogue. Mais, ce qui est plus grave à mon avis, c'est qu'elles trahissent une méconnaissance complète de ce qu'est *subjectivement* la fausse reconnaissance, et tendent à l'assimiler à des états qui n'ont avec elle aucune ressemblance, à ce même point de vue subjectif.

La fausse reconnaissance est caractérisée par une impression d'identité absolue qui ne ressemble nullement à ce que l'on éprouve, lorsque l'on prend deux choses ou deux états analogues pour deux choses ou deux états identiques. L'explication de M. le docteur Thibault se ramène au fond à nier purement et simplement l'existence de fausse reconnaissance en tant que phénomène psychologique spécial : il fait de la fausse reconnaissance un jugement faux, elle n'implique selon lui aucun dérangement dans le mécanisme même de la reconnaissance, mais seulement, de la part du sujet, une interprétation erronée des données qui lui sont fournies par ce mécanisme.

M. Lapie [1894] pensait que la fausse reconnaissance se produit lorsque par hasard se réalisent des combinaisons formées par la rêverie ou le rêve : « pourquoi, disait-il, parmi toutes ces combinaisons imaginaires, quelques-unes ne se rencontreraient-elles pas avec la réalité ? Pourquoi certains rêves ne seraient-ils pas vérifiés par la veille ?... Certains faits imaginaires sont devenus des faits historiques, tel détail de Germinal inconnu des mineurs de Montceau-les-Mines, semble un récit anticipé du meurtre de l'ingénieur Watrin... Les paramnésies sont, au sens strict de l'expression, des hallucinations vraies, ou plutôt, ce sont des illusions qui deviennent vraies. »

M. E. Thibault pense « qu'il peut y avoir du vrai dans cette hypothèse » [p. 55] ; il pense qu'il y a eu vraiment une première perception, que celle-ci a eu lieu le plus souvent dans un rêve ; il cite à l'appui, l'opinion de son maître M. le professeur Régis qui, paraît-il, aurait pu « dans certains cas, reconstituer avec une netteté plus ou moins complète » l'incident de rêve.

Il est très-regrettable que M. Régis n'ait pas cru devoir appuyer cette opinion sur le récit détaillé de quelques-uns des cas en question. Jusqu'à nouvel ordre, je ne crois guère probable que des rêves puissent jamais se réaliser de point à point avec une exactitude dans les moindres détails, suffisante pour donner au sujet cette impression d'identité absolue, ressentie constamment dans la fausse reconnaissance.

M. Bernard-Leroy pense que, si aucune des théories qui ont été proposées pour expliquer la fausse reconnaissance n'est satisfaisante, c'est parceque leurs auteurs n'ont pas suffisamment cherché à se rendre compte de ce en quoi consiste la reconnaisssnce normale elle-même. Il admet avec M. Bourdon et d'autres que : « la reconnaissance est une *sorte de sentiment* qui s'associe intimement au phénomène reconnu, plutôt qu'un jugement, qu'une comparaison de deux représentations » [1893, p. 630]. La partie logique de la reconnaissance, c'est-à-dire la *comparaison* entre les états de conscience actuels et des états de conscience passées, ne se produit qu'ensuite. C'est faux d'avoir vu cette succession, c'est pour avoir réduit toute la reconnaissance au second phénomène qui peut manquer alors que le premier est essentiel, que l'on s'est vu dans l'impossibilité d'expliquer et même, à proprement parler, de comprendre la fausse-reconnaissance. Si l'on admet au contraire que la partie essentielle de la reconnaissance (au point de vue psychologique, bien entendu, et non au point de vue logique) est un *quid proprium*, qui s'attache aux états de conscience, il est facile de comprendre que dans certaines conditions ce *quid proprium* apparaisse dans des circonstances où logiquement il n'a que faire. Quant aux circonstances qui déterminent cette apparition inattendue, nous les ignorons complètement.

Au premier abord il semble qu'on pourrait faire à cette théorie une objection spécieuse, dire qu'elle repose sur la réalisation d'une abstraction (*Cur opium facit dormire? — Quia est in eo virtus dormitiva.*) Pourquoi les états de conscience sont-ils reconnus? — Parce qu'ils sont accompagnés d'un sentiment de reconnaissance). A cela je répondrai que ce sentiment de reconnaissance n'est pas une abstraction le moins du monde, mais quelque chose de très concret, et qui surtout n'a pas été inventé pour le besoin de la cause. Sans doute, si l'on se place au point de vue « intellectualiste », c'est-à-dire en somme, à un point de vue purement logique, il faut considérer la reconnaissance ou plus exactement la ressemblance comme un concept de l'entendement, n'ayant aucun caractère représentatif ou sensitif.

Mais tous les auteurs qui se sont placés au point de vue beaucoup plus large et plus moderne de la *description* des phénomènes psychologiques, considèrent la reconnaissance comme une donnée immédiate de la conscience, comme une « impression », comme quelque chose qui se sent avant d'être jugé par la réflexion et exprimé par la parole. Locke avait admis déjà que la reconnaissance était caractérisée par ce fait que les états de conscience reviviscents reconnus étaient « accompagnés par une perception additionnelle, indiquant qu'ils ne sont pas nouveaux, qu'ils ont été déjà éprouvés ». Ce n'est donc pas là une vérité neuve, mais c'est une de ces vérités qui sont restées longtemps méprisées et comme enfouies sous les abstractions et les raisonnements des psychologues intellectualistes. On n'ignorait pas complètement son existence, et certains y faisaient de temps en temps une lointaine allusion dans quelque discussion : mais il semble que hors le cas de nécessité absolue, chacun détournait les yeux, quand il passait à côté d'elle. Parmi les auteurs qui ne l'ont pas totalement méconnue, je citerai en outre de Bourdon, P. Malapert, qui a fait sur ce sujet une étude fort intéressante.

En résumé, je donnerai de l'impression de reconnaissance la définition suivante — pure définition de mot : l'impression de reconnaissance est cette impression consciente qui apparaît spontanément lors de la perception d'une représentation dans le cas où cette représentation est susceptible, si on vient à la comparer à un souvenir donné, d'amener un jugement de ressemblance.

Ce qui paraît avoir embarrassé beaucoup d'auteurs et les avoir empêché de reconnaître d'une façon franche et nette l'existence de cette impression, c'est, je le crois, l'impossibilité où ils se trouvaient de la classer, l'impossibilité de mettre à côté d'elle des états de conscience du même genre, car elle n'eut été à sa place ni parmi les sensations, ni parmi les émotions. Cette difficulté n'existe plus pour nous, qui connaissons les *sentiments intellectuels* : il y a tout lieu de croire que l'impression de reconnaissance n'est pas autre chose qu'un sentiment intellectuel.

Mais encore convient-il de se faire une idée précise de ce qu'il faut entendre dans le cas présent par sentiment intellectuel. Cette expression est employée par différents auteurs pour désigner au moins trois choses bien distinctes qu'il convient de ne pas confondre :

J'ouvre d'abord la traduction française de la *Psychologie* de Hœffding, au chapitre de la « psychologie du sentiment », et je lis ce qui suit : « Mais, abstraction faite de leur valeur pratique, la représentation et l'imagination ont encore un rôle affectif. *L'exercice de la représentation et de l'imagination peut être par lui-même une source de sentiments spéciaux.* Tout à l'origine, la connaissance est au service de l'instinct et de la tendance. Les pensées sont les éclaireurs de l'instinct de conservation. On n'apprécie les connaissances que comme des moyens d'augmenter sa puissance. A ce degré, il ne se produit aucun véritable *sentiment intellectuel*. Alors même que le but cherché n'est ni la jouissance extérieure, ni des biens extérieurs, et que la connaissance est regardée comme un moyen d'obtenir la liberté de l'esprit et l'indépendance, le sentiment suscité par l'activité de l'intelligence n'est pas purement intellectuel. Le sentiment intellectuel ne naît que si c'est le *rapport interne des représentations* qui le détermine, abstraction faite de toutes les conséquences internes ou externes que la connaissance entraîne pour nous. Il faut pour cela que la lutte pour l'existence n'ait pas d'exigences trop dures et trop impérieuses. De plus, il faut qu'il se soit formé une telle multitude de représentations qu'elles puissent se grouper essentiellement d'après leurs lois propres, sans l'intervention immédiate des sentiments et des tendances. On éprouve alors de la joie à contempler leur accord, leur conséquence et leur enchaînement, et du déplaisir à leur désaccord, leur contradiction et leur manque de cohérence, et nous éprouvons ces sentiments, non pas seulement parce que c'est *notre règle* de vérité qui se trouve observée ou violée, mais parce que l'harmonie ou la discordance impliquent immédiatement par elles seules quelque chose qui réjouit ou qui blesse. C'est ici également qu'il faut ranger la joie que nous procurent les nouveautés et les découvertes... » [Hœffding, 1900, p. 352-353].

A n'en juger que par ce passage, ce que Hœffding appellerait sentiment intellectuel, ne serait autre chose que le plaisir que nous avons à penser et à réfléchir. Mais il place d'autre part ce *sentiment* entre le *sentiment religieux* et le *sentiment esthétique* ; c'est dire quel sens vague il attribue au mot *sentiment*, le prenant tantôt comme un ensemble des *tendances*, tantôt comme un ensemble d'*émotions*. Il n'y a donc pas lieu de s'arrêter à la définition qu'il donne du sentiment intellectuel.

Pour Ribot [1897, p. 369], l'expression sentiment intellectuel « désigne les états affectifs, agréables, désagréables ou mixtes qui accompagnent l'exercice des opérations de l'intelligence. L'émotion intellectuelle peut être liée à des perceptions, à des images, à des idées, au raisonnement et au cours logique de la pensée ; en un mot à toutes les formes de la connaissance ». Il range dans cette classe la surprise, l'étonnement, le doute, l'attention [Cf. Malapert, janvier 1898, p. 747] (1).

Un sentiment intellectuel dans le sens où nous employons ce mot, est un état affectif spécifique, lié à une opération intellectuelle. *A priori*, la reconnaissance, de même que l'attention ou le doute, doit s'accompagner d'un sentiment de ce genre, et l'on ne peut opposer aucune objection de principe à l'hypothèse de Bernard Leroy. Cette hypothèse est d'ailleurs moins une explication, à proprement parler, qu'une indication de la voie dans laquelle il faudrait faire des rcherches.

---

(1) C'est à peu près ce que Lamoriguière [1826, T. II, IVe leçon, p. 75-100] appelait les « sentiments de rapport » [p. 89]. « Il nota, dit Taine [1860, ch. I ; M. Laromiguière, p 14-15] les modifications ou sentiments que nous éprouvons à l'occasion de l'action de nos facultés, à l'occasion de deux idées présentes à la fois et comparables. » Mais les notes ajoutées par Taine [p. 14, N. I, p. 15, N. 1 et 2] semblent montrer qu'il n'a pas compris la pensée de Laromiguière.

CHAPITRE II

ILLUSIONS DE LA SUCCESSION

L'idée de succession implique évidemment le rejet de plusieurs états de conscience dans le passé, mais en outre de cette opération simple, la plus élémentaire des opérations qui contribue à nous donner l'idée de temps, l'idée de succession implique le souvenir possible d'une ou de plusieurs opérations identiques. Je dis le souvenir possible parce que, en fait, ce souvenir ne se présente pas toujours d'une façon distincte. Lorsque je dis : je me suis levée, je suis sortie, j'ai pris l'omnibus et je suis allée à l'hôpital ; cela veut dire : que lorsque je suis sortie, je pouvais avoir le souvenir de m'être levée ; lorsque j'ai pris l'omnibus, je pouvais avoir le souvenir d'être sortie et le souvenir du souvenir de m'être levée, etc. ; mais cela ne veut pas dire évidemment qu'au moment où je prononce ma phrase, où j'ai en somme une idée assez nette de la succession de mes actes, je refasse la série de ces opérations, je ne l'ai même probablement faite à aucun moment, je sais seulement qu'elle est possible parce que j'en ai fait de semblables dans des cas analogues, c'est tout ce que signifie ma phrase. Ma phrase est le substitut de cette série d'opérations.

Deux choses seraient à examiner dans ce chapitre : à savoir d'abord si cette idée de succession peut dans certains cas disparaître dans le rêve, et ensuite, si le mécanisme qui la produit n'est pas quelquefois perturbé au point de faire paraître antérieur ce qui est postérieur, et postérieur ce qui est antérieur. Malheureusement, les observations manquent.

§ 1er.

Pour ce qui est du premier phénomène, je n'en ai pas trouvé d'exemple dans le rêve proprement dit, mais il doit pouvoir se produire si l'on en juge par les exemples suivants :

Obs. XXV. — Une de mes parentes, dit de Quincey [1890 p. 286] me raconte un jour qu'étant enfant, elle tomba dans une rivière où elle était sur le point de périr, quand on vint à son secours au dernier moment critique, qu'alors elle vit en un éclair son existence entière, avec tous ses incidents oubliés, représentée devant elle comme dans un miroir, et cela non par tableaux successifs, mais en un seul tableau ; qu'elle sentit naître soudainement en elle une faculté de saisir l'ensemble et tous les détails (notes de l'auteur). L'héroïne de ce fait remarquable était une petite fille d'environ neuf ans...

Obs. XXVI. — [Egger, 1896, p. 362-363] (Auto-observation d'un instituteur primaire). « J'avais 16 ans, dès 5 ans nous allons tous à l'eau et à 7 ans nous nagions comme des cormorans. J'aimais beaucoup, quand l'heure de la marée le permettait à m'en aller baigner seul dans le port de mon village, au clair de la lune, entre dix heures et minuit. Il y a toujours là de petits canots marins liés à une ancre et cent fois je m'étais amusé à plonger (5 ou 6 minutes) pour toucher une ancre et je remontais en tenant la corde qui la rattachait au canot. Ce soir là, je ne fis donc que répéter un acte qui m'étais très familier. Je plonge dans la direction de l'ancre, je tombe à un mètre environ d'elle. Un coup de jarret, je la touche, et pour remonter, je saisis la corde qui y était amarrée par un nœud formant une boucle. Dans ce mouvement, mes pieds frôlent l'ancre. J'essaye de remonter, et je me sens retenu par le pied. J'ouvre alors la bouche et je bois une petite quantité d'eau. Avec la rapidité d'un instantané, voici ce qui se produisit : Je me revis plus jeune de quelques années, dans un appartement de ma maison avec ma mère, mon frère et ma sœur, pleurant sur le sort de mon père, marin, dont alors nous étions sans nouvelles, après une tempête ; puis dans la classe de mon instituteur, avec lui et mes camarades, travaillant, et enfin sur une place publique, jouant aux billes, et tout cela, avec une netteté et une acuité extraordinaire, et *simultanément, du moins sans succession d'images appréciable pour moi.* Puis, tout disparut, sans effort mental, sans réflexion raisonnée, sans que ma volonté ait joué un rôle dont j'ai eu conscience, une présence d'esprit me revint. Je compris que mon pied était engagé dans la boucle de la corde amarrée à l'ancre. Je me repliai sur moi-même, je fis glisser péniblement la boucle qui enserrait ma cheville, le long de mon talon, et je revint à la surface, où à peine ma tête émergeant je rejetai de l'eau. J'eus de la peine à parcourir les 7 ou 8 mètres qui me séparaient du quai. Une fois à terre je m'assis et je pleurai abondamment, sans que la peur ou la tristesse (du moins je n'en sais rien), y fussent pour quelque chose.

« Toute la durée d'immersion n'a certainement pas duré plus d'une minute et quart, une minute et vingt. Je sais par de nombreuses expériences que je ne puis rester plus longtemps sous l'eau sans respirer.

« Voici le récit de cette aventure, aussi fidèle que je l'aurais faite le lendemain, tant les plus infimes détails sont restés dans ma mémoire. »

Obs. XXVII [Pottier, 1896, p. 306-307.] — Jeune femme morphinomane, gravement atteinte. — Suppression de la morphine : « accidents syncopaux répétés qui auraient pu facilement entraîner la mort. Elle avait l'idée très nette qu'elle allait mourir. Ses sens de la vue et de l'ouïe surtout étaient d'une acuité remarquable. Elle distinguait le moindre chuchotement, saisissait la moindre impression sur le visage de ceux qui l'entouraient. Elle ne souffrait pas, et au moment même où la petitesse du pouls, le ralentissement de la respiration, la pâleur, le refroidissement des extrémités annonçaient une syncope. elle disait se trouver extrêmement bien; n'avoir besoin de rien et repoussait tout ce qu'on voulait faire pour enrayer les accidents. Au sortir d'une syncope des plus graves et dont on n'avait pu la tirer qu'en lui administrant à nouveau de la morphine, elle s'écria : « Oh! comme je reviens de loin! comme j'étais bien! » Et elle me raconta ensuite qu'au moment même où elle se sentait perdre connaissance, elle éprouvait un bien-être extraordinaire, ne se sentant plus sur la terre quoique continuant à tout voir et tout entendre avec une netteté extrême, et en même temps, qu'elle avait revu, dans une sorte de panorama, de fantasmagorie, toute sa vie passée. Mais les faits ne s'étaient pas déroulés devant elle dans l'ordre chronologique, soit progressif, soit régressif; *tout lui était apparu en même temps, sur le même plan en quelque sorte.*

Il semble bien que dans ce cas, il y ait eu abolition de l'idée de succession; il serait intéressant de savoir à quel moment cette abolition s'est produite, si c'est pendant la vision même ou quelque temps après.

§ 2.

Du second phénomène, je n'ai trouvé d'exemple d'aucune sorte, mais il faut considérer comme s'y rattachant la curieuse hypothèse de M. Paulhan, qui admet que dans le rêve une « impression arrivant dans la conscience peut s'y faire accompagner ou même précéder d'images ou d'idées qui la préparent ou s'y associent logiquement ». Quoique cette hypothèse s'appuie avant tout sur des faits qui prendront place dans notre troisième chapitre, comme elle est relative à l'ordre dans lequel le sujet juge que les faits se sont succédé, et comme elle suppose une erreur dans l'appréciation de cet ordre, il convient de l'examiner ici.

Maury rêve un jour de la Révolution Française. Il assiste à différents événements, il passe devant le Tribunal révolutionnaire qui le condamne à être guillotiné. Il monte sur l'échafaud, sent le couperet qui lui tombe sur le cou et est réveillé par le choc. Il s'aperçoit alors qu'en réalité, son ciel de lit vient de lui tomber sur la tête. M. Paulhan admet que c'est ce choc final qui a déterminé toute la première partie du rêve. Maury dormait paisiblement lorsque le ciel du lit lui tombe sur la tête. Il ne sent pas le choc, mais ce choc qu'il ne sent pas provoque chez lui un rêve compliqué qui se termine par un choc senti cette fois. « De tels cas, dit M. Paulhan, éclairent vivement le mécanisme de la perception ; on comprend que les faits ne peuvent être perçus qu'en prenant place dans des systèmes d'éléments psychiques. Si un phénomène est attendu, c'est-à-dire si un système psychique auquel il s'adaptera est déjà en activité et n'attend que lui pour se compléter, la synthèse sera très rapide ; sinon il sera obligé d'éveiller un système approprié, la perception sera retardée d'une manière sensible, bien qu'il ne s'agisse que de fractions de seconde, les phénomènes suscités pourront être perçus avant le phénomène qui les produit, si *logiquement*, celui-ci ne doit venir qu'après eux, si le système est ainsi plus cohérent, » [1889, p. 102 et 103].

Les périodes de M. Paulhan sont compliquées et ses expressions sont obscures. Essayons d'en démêler le sens des unes et des autres. Il établit en principe que : « Les faits ne peuvent être perçus qu'en prenant place dans des systèmes d'éléments psychiques. » Les faits ! Quels faits ? S'agit-il des faits psychologiques ou des faits matériels ? M. Paulhan veut-il dire que le monde extérieur n'est pas perçu directement par une sorte d'intuition comme Reid l'avait supposé ? Je ne le pense pas. J'ai trop de confiance dans la profonde culture philosophique de M. Paulhan pour le croire capable d'inviter des faits non psychologiques à « prendre place dans des systèmes d'éléments psychiques ». Il s'agit donc des faits psychologiques. Dans la suite d'ailleurs il cesse d'employer le mot *fait* pour employer le mot *phénomène*, manifestement avec le même sens. M. Paulhan admet que les phénomènes psychologiques peuvent être, suivant les circonstances, perçus ou non perçus, ce qui veut dire manifestement ici conscients ou non conscients. M. Paulhan admet des faits psychologiques inconscients, soit, ce n'est pas le lieu de discuter cette question de principe. Contentons-nous de traduire en langage clair : « Les phénomènes psychologiques ne peuvent être perçus qu'en prenant place dans des systèmes d'éléments psychiques », et ceci posé, il distingue deux cas :

Cas *a* : Les systèmes d'éléments psychiques sont préétablis au moment où le phénomène va se produire ; il y a au moment où le phénomène va se produire « un système psychique déjà en activité » et qui n'attend que lui pour se compléter » ; — cas *b* : Les systèmes d'éléments psychiques ne sont pas établis au moment où le phénomène va se produire : le phénomène psychologique (non encore perçu) est obligé (pour être perçu) d'éveiller un système approprié. Ici la plus grande obscurité résulte du vague de l'expression « système psychique ». M. Paulhan a-t-il voulu dire que tout se tient dans nos états de conscience, qu'ils sont déterminés les uns par les autres, réagissent l'un sur l'autre de telle sorte que chacun d'eux, à un moment donné, implique une certaine forme particulière de tous les autres ? Ce ne serait qu'une vérité assez banale et qui n'aurait rien à voir avec l'interprétation du rêve de Maury. La fin de la période que nous avons citée tend à faire croire que les systèmes dont il s'agit sont des systèmes logiques, que les phénomènes psychologiques ne sont perçus que s'ils ont été précédés de leurs antécédents logiques, que s'il n'y a pas d'antécédents logiques réels, le phénomène psychologique à percevoir en éveille d'imaginaires qui « pourront être perçus avant le phénomène qui les produit, si *logiquement* celui-ci ne doit venir qu'après eux ».

Outre les difficultés que présente a priori une semblable théorie, elle est manifestement contredite par les faits ; bien des sensations sont perçues qui ne font partie d'aucun ensemble logique, qui ne se rattachent à rien (la plupart de sensations viscérales entre autres). Quant au rêve de Maury, nous verrons dans le prochain chapitre qu'il doit être interprété tout différemment.

CHAPITRE III

ILLUSIONS DE LA DURÉE

—

Logiquement il faudrait classer les illusions relatives à la durée, en deux groupes opposés : dans l'un on mettrait les cas de rêves très longs en réalité et dont la durée a cependant paru très courte au dormeur ; dans l'autre les rêves en réalité très courts et ayant paru très longs.

Aucun auteur ne fait d'allusion précise à des cas de ce genre. A mon avis, on pourra à la rigueur y faire entrer certaines observations que je citerai plus loin. Mais elles sont trop peu nettes, d'interprétation trop incertaine pour que nous nous y arrêtions ici, et je passerai immédiatement au deuxième groupe.

Ici, les cas sont nombreux et détaillés, et ont donné lieu à d'importantes observations, mais comme nous allons le voir, toutes les observations qui ont été apportées, ne sont pas d'égale valeur.

SECTION PREMIÈRE

LES CAS DOUTEUX.

§ 1er.

Nous trouvons dans le Coran le récit de la vision de Mahomet, dans laquelle il vit toutes les merveilles du ciel, quoiqu'elle n'eût duré que quelques secondes.

On trouve encore un rêve de ce genre imaginé par Voltaire, faisant le sujet de son roman *le Blanc et le Noir*. Le héros, pendant une heure de sommeil, court des aventures les plus extraordinaires et qui auraient demandé en réalité un temps infiniment plus long.

Macario (1857, p. 46) nous cite trois rêves très courts ayant paru très longs. Voici le premier :

Obs. XXVIII. — Casimir Bonjour racontait à un de ses amis qu'un soir, à la première représentation d'une de ses pièces, accablé de fatigue, il s'était assoupi dans la coulisse au moment même où le rideau se levait. Pendant son sommeil, il avait vu passer sous ses yeux ses cinq actes entiers avec tout l'accompagnement des impressions diverses qu'éprouvait et manifestait le parterre à chaque scène. Arrivé à la fin du drame, il s'entendait nommer avec bonheur au milieu des plus vifs applaudissements. Tout à coup, il s'éveille ; éveillé, il regarde ; il n'en pouvait croire ni ses yeux, ni ses oreilles ; on en était encore aux premiers vers de la première scène, il n'y avait pas deux minutes qu'il s'était endormi.

Cardan fit également un songe de ce genre :

Obs. XXIX. — Il me semblait, dit-il, avoir été de Milan dans une ville inconnue, éloignée de plus de trois cent mille pas, et avoir parcouru tant de lieux différents, de montagnes et de vallées, qu'il aurait fallu plus de six jours pour en faire autant. Je croyais avoir dormi longtemps, mais le son de l'horloge m'avertit qu'à peine j'avais reposé pendant une heure.

Mac Nish (in Macario, 1857, p. 46), rapporte le fait suivant :

Obs. XXX. — Dernièrement, en rêve, dit-il, je faisais un voyage aux Grandes-Indes : je m'arrêtais quelques jours à Calcutta ; je revenais en Angleterre ; je m'embarquais pour l'Égypte où j'allais visiter les cataractes du Nil, le grand Cône, les Pyramides, et, pour couronner le tout, j'avais l'honneur d'une entrevue avec Méhémet-Ali, Cléopâtre et Alexandre-le-Grand. Tout cela était l'affaire d'une nuit, probablement d'une heure ou même de quelques minutes, et cependant ces événements me semblaient avoir occupé au moins douze grands mois (*philosophy of sleep*).

Un écrivain allemand, le Dr Schubert, dans un curieux ouvrage sur *la Symbolique du rêve*, « *Die Symbolick des Traums* », cite, d'après le *Moritz Magazin*, deux rêves dignes de remarque :

Dans le premier (Obs. XXXI), le brave homme qui les avait eus l'un et l'autre, avait vu, retracés en quelques instants, tous les événements de sa vie, *en autant de tableaux*.

Le second rêve (Obs. XXXII), non moins rapide que le premier, avait fait passer successivement sous ses yeux, en plusieurs séries de scènes figurées par autant d'images, l'histoire de toutes les personnes, vivantes ou mortes, avec lesquelles il avait eu quelques rapports (Cf. Charma, 1851, p. 95, note 42).

Le rêve qui peut être considéré comme le type du genre et qu'on retrouve cité partout, est celui que Maury rapporte comme lui étant arrivé (1861, p. 133-134) :

Obs. XXXIII. — J'étais, dit-il un peu indisposé, et je me trouvais couché dans une chambre, ayant ma mère à mon chevet. Je rêve de la Terreur ; j'assiste à des scènes de massacre : je comparais devant le Tribunal révolutionnaire, je vois Robespierre, Marat, Fouquier-Tinville, toutes les plus vilaines figures de cette époque terrible; je discute avec eux. Enfin, après bien des événements que je ne me rappelle qu'imparfaitement, je suis jugé, condamné à mort, conduit en charette, au milieu d'un concours immense, sur la place de la Révolution. Je monte sur l'échâfaud ; l'exécuteur me lie sur la planche fatale, il la fait basculer; le couperet tombe, je sens ma tête se séparer de mon tronc, je m'éveille en proie à la plus vive angoisse, et je me sens sur le cou la flèche de mon lit qui s'était subitement détachée et était tombée sur mes vertèbres cervicales à la façon du couteau d'une guillotine. Cela avait eu lieu à l'instant ainsi que ma mère me le confirma. Et cependant c'était cette sensation externe, que j'avais prise pour point de départ d'un rêve où tant de faits s'étaient succédés. Au moment où j'avais été frappé, le souvenir de la redoutable machine dont la flèche de mon lit représentait si bien l'effet, avait éveillé toutes les images d'une époque, dont la guillotine était le symbole.

On trouve dans Ch. Richet [1877, p. 183] deux autres observations du même genre :

Obs. XXXIV. — Un individu encore endormi est réveillé en sursaut par le baldaquin de son lit qui tombe, le choc fait aussitôt naître une série de songes plus longs à raconter qu'à concevoir. Notre homme se voit transporté sur une haute montagne, et il est environné par une foule hostile. On le précipite du haut d'un rocher, et après une chute qui paraît durer des siècles, il va se briser la tête dans un ravin : Toutes ces conceptions ont duré 3 secondes à peine, le temps qu'il faut pour être réveillé par une pièce de bois qui tombe.

Obs. XXXV. — Il me souvient qu'un soir, travaillant avec un de mes amis, et accablé de sommeil, je le priai de me laisser dormir quelques minutes ; quand je me réveillai, il m'assura que j'avais fermé les yeux à peine une seconde, pour me réveiller aussitôt. Cependant, dans ce court espace de temps, qui m'avait paru très long, j'avais pu faire un rêve très compliqué, très détaillé.

Obs. XXXVI. [R. Artigues, 1884, p. 33-34]. — Assis sur un trône, vêtu à la mode des seigneurs du XVIe siècle, nous regardions un de nos camarades que nous reconnaissions parfaitement, et qui portait le costume des fous de cette époque. A l'extrémité de son bonnet, terminé en pointe, était attachée une clochette d'un assez gros volume, et sur laquelle se fixaient nos regards avec obstination. Nous voulions entendre le son de cette clochette, et le fou refusa de la faire sonner. Enfin, pris de colère, nous lui cinglions le visage d'un coup de cravache qui le faisait bondir en l'air avec des cris de douleur. Dans les mouvements qu'il fit, la clochette s'agita avec force, rendant un son argentin qui nous réveilla. Or a ce moment quelqu'un sonnait à la porte de l'appartement et c'était le bruit du timbre que nous avions pris pour celui de la clochette du bouffon.

Donc, ici la cause productrice du rêve était la même que celle qui avait interrompu le sommeil, et pourtant, notre songe très détaillé, était parfaitement net et très vraisemblable, étant donné l'époque. Il y a trois ans qu'il s'est produit, et toutes les circonstances en sont restées gravées dans notre esprit.

Obs. XXXVII [X···, 1886, p. 572, auto-observation]. — J'étais assis à côté d'un chef de division à la préfecture de X··· ; nous relevions un compte fantastique, additionnant des unités qui n'étaient pas certainement du même ordre. Un employé vient s'accouder sur la table. Je lève la tête, et je lui dis : « Vous avez oublié de faire la soupe. — Mais non, mais non ! suivez moi. » Nous sortimes ensemble, traversant les grands corridors, et je me trouvai derrière lui... dans la cour du collège où j'ai été élevé. Il entra dans une aile du bâtiment, bien connue, par où l'on montait dans les classes. Et, sous l'escalier, il me montra un fourneau sur lequel était une coquille d'huître avec un peu de blanc au fond (la veille j'avais fait de la gouache). « Mais, vous avez oublié les légumes ! Allez chez le portier au bout de la cour, vous les trouverez sur une table. » J'attendis longtemps ; enfin je vis qu'il me faisait des signes, il n'avait rien trouvé.— « Mais c'est à gauche ! » En effet, je le vis traverser la cour portant un énorme choux. — Je pris dans ma poche un couteau qui y est à demeure ; au moment où je commençais à couper, je fus réveillé par le bruit d'un bol de bouillon qu'une servante posait lourdement sur le marbre de ma table de nuit. — Il me parait évident que l'idée du potage m'a été suggérée par l'odorat au moment où l'on ouvrait ma porte ; or il faut tout au plus 5 secondes pour arriver jusqu'au lit. »

Avant de chercher à donner de ces rêves une interprétation nouvelle, ou d'édifier sur eux une théorie quelconque comme on a essayé de le faire, il y a lieu de vérifier l'authenticité des détails ou plutôt s'ils ne pourraient pas s'expliquer d'une façon très simple.

Ce qui frappe d'abord, c'est que leurs auteurs entrent fort peu dans les détails. Un rêve est toujours très long à raconter. Il faut dix fois plus de temps pour le raconter que pour le rêver. A plus forte raison les narrations de pareils rêves devraient-elles tenir une place considérable.

Le rêve de Maury aurait à peine tenu dans un chapitre de M. Thiers, celui de Casimir Bonjour, dans deux colonnes de chronique théâtrale et celui de Mac Nish dans un roman de J. Verne. Il est évident que le récit des auteurs est un résumé extrêmement succint.

Mais comment peut-on résumer encore un rêve? Un des caractères propres du rêve, caractère que tout le monde connaît et sur lequel nous aurons à insister plus tard particulièrement, c'est le manque de cohésion entre ses diverses parties, le manque de logique dans la succession des faits. Il n'y a pas de rêves qui se tiennent comme un chapitre d'histoire de France, ou comme un roman. Dire qu'on a rêvé une épisode de la Révolution Française est forcément inexact : « Tel qu'il nous est donné, dit M. Egger [1895, p. 43], ce rêve est trop beau, trop complet : entre l'idée de la Terreur et la sensation du couperet, aucun intermédiaire ne manque, ou presque aucun : ce n'est pas là la logique imparfaite ou boiteuse du rêve ordinaire. »

Du moins, les points essentiels sont-ils incontestables et probants? Les points de repère indiqués par les auteurs, comme mesurant la durée réelle des rêves, sont-ils exacts? Pour ce qui est du rêve de Mac Nish, l'auteur n'en indique aucun.

Pour Casimir Bonjour et pour Cardan ils sont vagues. De ces deux rêves, d'ailleurs, l'un n'est pas de première main et a pu par conséquent être fort embelli par les intermédiaires et l'autre est d'un auteur ignorant la précision scientifique moderne.

Quant à Maury, tout l'intérêt de son récit repose sur une hypothèse, à savoir que le rêve qui s'est terminé au moment du réveil, avait commencé à l'instant précis de la chute de la flèche.

L'interprétation de Maury présente en effet de grandes difficultés, parfaitement mises en lumière par M. Egger (ib., p. 44). « Je me refuse, dit-il, jusqu'à preuve décisive, à croire qu'une sensation subite et très intense commence par rester absolument inconsciente et qu'au lieu d'envahir immédiatement la conscience elle provoque d'abord une série d'antécédents, se réservant de faire son apparition seulement, quand la série des antécédents entièrement déroulée, elle pourra se montrer avec une parfaite vraisemblance. On aura beau me dire que les antécédents se succèdent avec une rapidité prodigieuse; le temps ici ne fait rien à l'affaire, la sensation que provoque le rêve doit figurer à un titre quelconque dans le premier tableau et dans les suivants, et non pas seulement dans le dernier ».

Il est beaucoup plus facile d'admettre, par exemple, que la sensation provoquée par la chute a provoqué un dernier tableau qui, lui, a pu être très court et qui s'est soudé d'une façon, qui par hasard s'est trouvée très logique, à un rêve durant depuis longtemps déjà.

Les deux observations de Ch. Richet sont rapportées en termes vagues, et sans détails suffisants. L'observation de Maury même, ne présente pas les garanties qu'offrent d'ordinaire celles de cet auteur habituellement si exact. « Le rêve de la guillotine, fait encore remarquer M. Egger [1895, p. 43], a eu lieu vers 1840 ; Maury, né en 1817, avait 23 ans, c'était l'époque où il étudiait simultanément le droit, la médecine, et en général toutes les sciences. Il ne s'est pas occupé spécialement du sommeil avant 1847, et jusqu'en 1852 ou 1853, très probablement, ce rêve est demeuré non écrit dans sa mémoire ; sans doute il l'a raconté, et il l'a plus d'une fois raconté, et il l'a ainsi complété, organisé, systématisé ; il ne s'est jamais dit par la suite, car on ne pense pas à tout, que le même rêve, survenu plus tard, à l'époque de l'*experentia litterata*, eut présenté sur ses cahiers et dans son esprit un aspect fort différent. Tel qu'il nous est donné, il est trop beau ».

Le rêve cité par Artigues est tout à fait comparable à celui de Maury. L'auteur prend pour point de départ la même cause, qui a interrompu le sommeil (bruit de sonnette). Mais comment prouver que c'est exact ! Ce rêve a pu se produire bien avant que le dormeur ait entendu sonner. D'autre part, l'auteur dit qu'*il y a trois ans que ce rêve* s'est produit et qu'il s'en rappelle bien tous les détails. Je ne sais pas si ce rêve a été enregistré tout de suite ou bien trois ans après ; si cette dernière supposition est vraie, je crois que l'auteur l'a dû compléter en voulant le comprendre et l'expliquer.

Malgré l'apparence première, le point de repère donné par l'auteur de l'observation XXVI est loin d'être incontestable. Lorsqu'on fait de la soupe dans un appartement, l'odeur ne s'en répand que trop souvent dans toutes les pièces, et cette odeur a pu être sentie par le dormeur bien avant que l'on vînt ouvrir la porte de sa chambre. Cette supposition n'est même pas indispensable : à lui seul l'appétit précédant le moment périodique du déjeuner a pu suffire parfaitement à provoquer un rêve de victuailles.

Je ne dirai rien des rêves rapportés par Schubert, l'auteur ne nous ayant point dit quelle avait été leur durée : il se contente d'affirmer qu'elle a été très courte, et à tous les points de vue ses deux récits ressemblent moins à des observations qu'à des anecdotes.

En somme, aucun de ces rêves ne peut servir de base à une discussion sérieuse. Ils peuvent donner lieu à autant d'interprétations que l'on voudra et à des discussions indéfinies.

La difficulté la plus considérable à laquelle on se heurte dans cette étude est celle de trouver un point de repère précis, permettant de savoir à quel moment exactement a *commencé* le rêve. Celui qui voudrait faire une étude systématique sur lui-même devrait employer un moyen analogue à celui dont dit s'être servi M. Tannery [1894, p. 630-633] : « Il y a plus de quinze ans, je me suis trouvé essayer sur moi-même des observations méthodiques sur les rêves. Je couchais dans une alcôve, les yeux tournés vers la fenêtre : les rayons du soleil provoquaient mon réveil à une heure déterminée, et généralement il se trouvait précédé d'un rêve ; je regardais aussitôt l'heure à ma montre, et, la prenant dans ma main, j'essayais de me rendormir sans d'ailleurs changer de position. Lorsque je sentais le sommeil me gagner, je jetais un nouveau coup d'œil à ma montre, et après avoir perdu conscience, j'étais de nouveau et à bref délai réveillé par le soleil, à la suite d'un nouveau rêve. En recommençant comme ci-dessus, je parvenais, assez régulièrement, à obtenir en un quart d'heure, après mon premier réveil, trois périodes de sommeil (avec rêves) d'environ deux minutes chacune, avec des intervalles conscients d'environ trois minutes. »

Nous allons voir cependant que, dans un assez grand nombre de cas, le hasard peut suppléer à l'ingéniosité de l'observateur.

SECTION II

LES FAITS PRÉCIS.

§ 1er.

A côté de ces récits, dont l'exactitude ne peut être établie d'une façon absolue, et qui d'ailleurs peuvent être facilement expliqués, il en est qui méritent vraiment de retenir l'attention, étant donné d'une part, la précision du récit et d'autre part, l'impossibilité où il semble que l'on soit, de les expliquer par les moyens ordinaires. Nous avons vu que ce qui faisait défaut surtout et ce qui était cependant essentiel, c'était la précision dans les points de repère. D'une façon générale, ce n'est que par hasard que le rêveur se trouve en possession de points de repère précis, lui permettant de mesurer la durée réelle de son rêve.

Obs. XXXVIII [Egger, 1895, p. 50-51, auto-observation]. — Un matin (juin 1898) mon sommeil n'étant déjà plus profond, je reconnais le bruit d'une clef qui touche ma serrure, je vois une porte qui s'ouvre ; un camarade en habit noir et cravate blanche vient près de mon lit ; nous échangeons des paroles rapides : « Pourquoi es-tu si beau ? — Je vais à un mariage. — Mariage de qui ? — D'un de tes amis. — Qui donc ? — Y... — Pourquoi ne m'a-t-il pas invité ? — Pour te faire une surprise. — Pourquoi te sauves-tu ? (l'interlocuteur regagnait la porte). — Parce que je suis pressé. » A ce moment ma porte s'ouvre réellement, un flot de lumière envahit ma chambre ; mon déjeuner fait son entrée. Avant d'en profiter, j'écris l'observation ;

mais je ne puis pas certifier tous les mots ci-dessus notés ; généralement, les paroles authentiques du sommeil sont plus absurdes : je garantis seulement l'allure du dialogue et son sens général, le nombre et le rythme des questions et des réponses. J'insiste sur ce point que le dialogue m'a paru très précipité. Le lendemain j'ai écouté, bien éveillé, l'ouverture de ma porte : la main chargée de cette opération était très gauche et très lourde ; elle y mettait bien quatre secondes ; mon rêve avait pu tenir dans ces étroites limites.

L'exemple suivant est encore plus précis s'il est possible :

Obs. XXXIX. [L. D. 1895. p. 69-72. auto-observation]. — Ma femme se tourne dans le lit ramenant les couvertures. Ce mouvement est très appréciable : il interrompt un bon somme et m'éveille d'un rêve auquel je m'intéresse fort. Ce rêve était le suivant : je marchais dans un sentier de falaises en compagnie de B. et de X. Le sentier était étroit et nous étions obligés de cheminer à la file ce qui rendait la conversation difficile. Il y avait entre nous une discussion dont je désirais ne rien perdre. Ce n'est pas qu'elle fut intéressante en elle-même, je ne puis même dire quel en était l'objet, mais je savais que B. était capable de laisser échapper une parole malveillante, et si une telle parole était prononcée, j'étais décidé, moi, à la relever. Ceci est tout à fait conforme au caractère de B. et au mien. Justement B. ouvre la bouche il a son ton aigre, déplaisant, il va lâcher quelque insolence, c'est le moment d'écouter : je prête toute mon attention. Mais la fin de la phrase m'échappe. J'interroge. B. répète ce qu'il a dit, du ton déjà adouci de quelqu'un qui regrette d'avoir parlé, mais qui pourtant par amour-propre ne veut encore retirer rien. Au moment où j'allais saisir la phrase de B., X. frôle un buisson de prunelliers, bordant le chemin, ce qui m'empêche une seconde fois d'entendre. Je fus fort ennuyé de ce contre temps. Je ne peux pas décemment faire répéter une troisième fois sa phrase à B., et ma curiosité ne sera point satisfaite. A ce moment, je m'éveille, et j'ai la certitude que ce frôlement est l'interprétation imaginaire du mouvement réel des couvertures. (L. D. 1895, p. 69-72).

Tout le monde connaît les deux observations rapportées par Taine dans la 3e édition de son livre *L'Intelligence :*

Obs. XL (Taine, 1876, T. I, p. 400-402). — Observation du marquis de Lavalette, condamné à mort pendant la Terreur. Taine ne dit pas exactement où il en a pris le récit que j'ai cherché en vain dans les mémoires de Lavalette.

« ... Une nuit que j'étais endormi, la cloche du palais qui sonna minuit me réveilla ; j'entendis ouvrir la grille pour relever la sentinelle, mais je me rendormis à l'instant. Dans mon sommeil, j'eus un rêve, je me trouvais rue Saint-Honoré, près de la rue de l'Echelle ; une obscurité lugubre s'étendait partout. Tout était désert, et cependant une rumeur vague et sourde s'éleva bientôt. Tout à coup parut dans le fond de la rue une troupe à cheval, mais d'hommes et de chevaux écorchés. Les hommes portaient des flambeaux dont la flamme rouge éclairait des visages mis à nu, que traversaient des muscles sanglants ; leurs yeux enfoncés roulaient dans leurs orbites ; leurs bouches s'ouvraient jusqu'aux oreilles et des casques de chair pendante surmontaient leurs têtes hideuses. Les chevaux traînaient leurs peaux dans le ruisseau qui débordait de sang jusqu'aux maisons. Des femmes pâles, échevelées, se montraient silencieuses aux fenêtres et disparaissaient ; des gémissements sourds, inarticulés, remplissaient l'air, et j'étais seul dans la rue, seul, immobile de terreur et sans force pour chercher mon salut dans la fuite. Cette effroyable cavalerie passait ainsi au grand galop, passait toujours, en lançant sur moi des regards épouvantables. Elle défila pendant plus de cinq heures ; enfin, la file se termina et fut suivie par une immense quantité de voitures d'artillerie chargées de cadavres déchirés, mais encore palpitants ; une odeur infecte de sang et de bitume m'étouffait..., quand tout à coup la grille se referma avec violence et je me réveillai. Je fis sonner ma montre : il n'était encore que minuit. Ainsi cette affreuse fantasmagorie n'avait duré que deux ou trois minutes, le temps de relever la sentinelle et de refermer la grille. Le froid était vif, la consigne très courte, et le geôlier confirma le lendemain mon calcul. Cependant je ne me rappelle pas un seul événement de ma vie dont j'ai pu apprécier la durée avec plus de certitude, dont les détails soient mieux gravés dans ma mémoire et dont j'aie la conscience mieux affermie. »

Obs. XLI (Taine, ib. p. 402-404). — « 10 juin 1829... Je tombe à la renverse sans en avoir la conscience, mes camarades me relevèrent aussitôt, et je revins à moi presque immédiatement, car leur conversation fut à peine interrompue et continuait lorsque je sortis de la chambre au point où je l'avais trouvée en entrant. Mais ce qu'il y a de curieux, c'est que pendant cette chute il me sembla que je faisais un voyage qui dura plusieurs jours. Et ce n'est point ici une impression vague et générale de déplacement, mais une succession de détails très précis et tout aussi nets que ceux d'un voyage réel, sauf certaines lacunes d'idées par suite desquelles mes souvenirs passent d'une situation à l'autre sans avoir conscience de la transition. Ainsi je me trouvais d'abord dans une forêt, que je m'imaginai être celle dont parle le Dante au début de son poème. C'était une forêt de sapins dont les branches inférieures n'avaient presque pas de feuilles, étant à moitié desséchées, grisâtres, couvertes de poussière, d'où pendaient de ces lichens gras, filamenteux qu'on nomme barbes de capucin, et entre lesquelles étaient tendues beaucoup de toiles d'araignée ; j'y marchais ayant conscience de suivre un garde que je ne voyais pas. Peu à peu, la forêt devint à la fois plus touffue et plus lumineuse ; les hêtres et les érables avaient succédé aux sapins ! Je vis pendre d'une roche à droite les belles grappes roses de la bugrane glutineuse, que j'avais souvent vue dans les Alpes. La lumière semblait venir d'en bas et éclairer les dessous des feuilles. Au détour de la roche, je vis s'ouvrir un petit col, dominant une vaste plaine, d'où venait en effet la lumière. Là, il y a une lacune, car, sans transition, je me trouve être à cheval au milieu de cette plaine, ayant encore conscience d'un garde qui marchait après moi, mais que je ne voyais pas. Le cheval était blanc et avait au bout des oreilles un bouquet de poils noirs, comme le loup cervier. J'arrivai devant une rivière où il n'y avait pas de pont, mais une barque plate et large destinée à traverser bêtes et gens. Il y avait déjà du monde et des moutons. Je m'y trouvai sans avoir conscience d'être descendu de cheval, mais derrière moi était le cheval, que tenait par la bride le garde que je vis alors et qui était vêtu d'une veste bleue. Au fond de la barque était un groupe de femmes auprès desquelles se tenait un bel enfant blond, dont je me rappelle fort bien le costume, la figure et surtout les cheveux bouclés, puis je me retrouvais à cheval de l'autre côté de l'eau. Le garde marchait près de moi, et je le voyais. La plaine n'avait pas de maisons ni de murailles, mais de vastes champs où s'élevaient de petits arbres arrondis comme des mûriers chétifs. « Pourquoi ces arbres sont-ils de si petite taille? demandai-je à mon garde. — Parce qu'il fait quelquefois sur cette plaine des vents très violents qui les empêchent de pousser », me répondit-il. Bref, nous arrivâmes le soir dans une hôtellerie; nous y passâmes la nuit. Nous repartîmes le lendemain; nous arrivâmes dans une ville, où nous allâmes au théâtre et où je passais, il me semble, plusieurs jours. Puis enfin, comme je flanais, en fumant un cigare, sous les arceaux d'une longue rue à arcade, comme la rue du Pô à Turin, j'entends des voix éloignées qui prononcent mon nom. Je me retournai restant un instant immobile et dans l'attente, et peu à peu je vis autour de moi les camarades qui venaient de me relever et me soutenaient encore de leurs mains. »

Je terminerai cet exposé des documents publiés jusqu'à ce jour, et que j'ai pu réunir, par une observation d'Hervey de Saint-Denis, remarquable surtout par le soin, avec lequel sont décrites les différentes phases du rêve, auquelles l'auteur a conservé leur aspect décousu :

Obs. XLII. — Je ferme les yeux pour m'endormir en pensant à quelques objets que j'ai remarqués, le soir même, dans une boutique de la rue de Rivoli; les arcades de cette rue me reviennent en mémoire, et j'entrevoi comme des arcades lumineuses qui se répètent et se dessinent au loin. Bientôt c'est un serpent couvert d'écailles phosphorescentes qui se déroule aux yeux de mon esprit. Une infinité d'images indécises lui servent de cadre. Je suis encore sur la période des choses confuses. Les tableaux s'effacent et se modifient très rapidement. Ce long serpent de feu a pris l'aspect d'une longue route poussiéreuse, brûlée par un soleil d'été. Je crois y cheminer moi-même, et des souvenirs d'Espagne sont semés. Je cause avec un muletier portant la mante sur l'épaule; j'entends les clochettes de ses mules; j'écoute un récit qu'il me fait. Le paysage est en rapport avec le sujet principal; dès ce moment la transition de la veille au sommeil est complètement opérée. Je suis au plein dans l'illusion d'un rêve lucide. J'offrais au muletier un couteau, qui semblait lui plaire, en échange d'une fort belle médaille antique qu'il me montrait, quand je fus tiré tout à coup de mon sommeil par une cause extérieure. Il y avait dix minutes environ que je dormais, selon que la personne qui m'éveilla le put apprécier... (HERVEY, 1867, p. 236).

Telles sont toutes les observation que j'ai pu recueillir. Elles sont en somme, assez peu nombreuses ; cependant, je suis persuadée qu'une personne quelconque qui prendrait soin de noter tous ses rèves et de les examiner soigneusement à ce point de vue particulier, en trouverait certainement un grand nombre, non pas certes aussi frappants que ceux-ci, mais où l'illusion du temps serait encore très nette. Cela parait être d'ailleurs également l'opinion de M. Tannery [1894, p. 630-633] : « Quelques grossières qu'elles aient été au point de vue du temps, dit-il, les observations sur mes rêves ne m'ont pas moins montré d'une façon très convaincante pour moi, que la perte de la conscience est accompagnée de l'impossibilité de se rendre compte du temps qui s'écoule et que des rêves, qui semblent demander un intervalle considérable, n'exigent en réalité que quelques instants. Souvent quand je ne dormais que deux minutes comme je l'ai dit (et rêvé probablement pendant un temps beaucoup plus court), je me figurais avoir eu, d'après ce rêve même, un sommeil d'une demi-heure, d'une heure et même de deux heures. »

Hervey va plus loin encore : « Ayant eu, dit-il, l'occasion de réveiller souvent une personne qui rêvait tout haut, de telle sorte qu'elle-même me fournissait ainsi tout en dormant un point de repère de ses rêves ; j'ai constamment observé, en l'interrogeant aussitôt sur ce qu'elle venait de rêver, que ses souvenirs ne se rencontrent presque jamais au-delà d'un laps de cinq à six minutes. Ce temps si court suffit cependant pour laisser dans notre esprit des impressions qui semblent correspondre à l'écoulement d'une journée entière, car, ainsi que nous l'avons dit ailleurs, on juge du temps accompli par le nombre et la nature des événements qui ont paru se succéder..... Je crois même que, sous l'empire d'un sommeil normal et régulier, chacun de nous trouverait dans ses rêves d'une nuit de quoi remplir une année de son existence, s'il parvenait à se rappeler le matin tout ce qu'il vient de rêver ; mais comment cela serait-il possible ; il n'est pas un de nous qui pourrait seulement, après une demi-heure de rêverie, se rappeler la multitude des pensées qui ont traversé son esprit ? Et combien ne serait-il pas plus difficile encore de ressaisir des associations d'idées d'autant plus fugaces qu'elles se sont opérées plus fantasquement ? » [1867, p. 266-267.]

§ 2.

D'autre part, j'ai rencontré chemin faisant un certain nombre d'observations présentant des faits tout-à-fait analogues, ne différant des précédents que parce que l'illusion du temps, au lieu de s'être produite dans le sommeil proprement dit et normal, a été observé chez des sujets évanouis et en danger de mort.

C'est une croyance populaire que les noyés avant de mourir, voient se dérouler le tableau de leur vie entière. Cette croyance n'est pas dénuée de fondement. On peut l'appuyer sur des récits authentiques. Les faits de ce genre présentent cet avantage que leur durée peut être appréciée avec plus de certitude que celle des rêves ; elle ne peut d'ailleurs presque jamais avoir été bien longue.

Obs. XLIII (Macario, 1857, p. 46). — « Un jour, en me baignant dans la Seine, je pensai me noyer. Dans cet instant suprême, toutes les actions de ma vie se déroulèrent comme par enchantement aux regards effrayés de mon esprit. »

Obs. XLIV (A. Guillon, 1897, p. 108). — Le docteur Régis étant tombé tout enfant dans un fossé d'eau et ayant manqué de se noyer, raconte avoir éprouvé très nettement des impressions du même genre.

Obs. XLV (Anonyme, 1894, p. 700). — « M. Hartley avait 20 ans ; il était avec un de ses camarades, se baignant dans l'Ohio, en un point où il y avait une profondeur de 4 mètres. Plongeant successivement pour s'amuser à ramasser des cailloux sur le fond de la rivière, à un moment donné, M. Hartley plonge à nouveau, ramasse tous les cailloux qu'il peut sans se presser, et comme l'eau était tiède, il y reste le plus longtemps possible et ne se met à remonter qu'à l'instant où il allait être dans la nécessité de faire une respiration. Il était à peine à cinquante centimètres de la surface qu'il sent un choc épouvantable dans le dos, entre les deux épaules ; c'est son ami qui plonge à son tour, et qui ne le voyant pas regagner la surface, vient de frapper avec la tête le dos de M. Hartley. Sous ce choc, le peu d'air qui restait dans les poumons de M. Hartley est chassé violemment, et l'asphyxie commence immédiatement son œuvre ;... ses bras tombent inertes le long de son corps et il se trouve étendu sur le fond de la rivière.

Il était dans un état de douce inconscience et voyait tous ses parents, tous ses amis l'entourant en foule et le regardant les yeux pleins de larmes. Tous les événements de sa vie passaient lentement devant sa vue, bonnes ou mauvaises actions ou même choses fort indifférentes. Il se rappelait avec une netteté absolue les faits les plus minimes de sa vie, de tout petit enfant qu'il était à l'école. « Je sentais bien, dit-il, que je me noyais et je me souviens que je pensais : Ce n'est pas, après tout, si douloureux de se noyer ! Mais je me demandais où l'on pourrait bien retrouver mon corps, je frissonnais à la pensée que jamais peut-être il ne serait retrouvé ; je cherchais aussi à deviner si mon camarade s'était aperçu du malheur qu'il avait involontairement causé, s'il plongeait ou non pour me repêcher. Puis, je me représentais mon enterrement, j'entendais les cailloux résonner sur mon cercueil descendu au fond de la fosse, et enfin je songeais que bientôt les mères citeraient ma mort à leurs enfants pour leur faire peur. Je percevais des tintements dans les oreilles, des sons de cloches venant d'une certaine distance. » Ce sont ensuite des sensations visuelles : notre noyé aperçoit des tableaux des plus colorés, où s'entremêlent toutes les couleurs de l'arc-en-ciel : ces tableaux l'enchantent et il ne ressent ni crainte ni souffrance. Tout s'apaise autour de lui, les bruits de toutes sortes s'évanouissent ; il lui semble jouir d'un bien-être tout particulier, par une température qui ne serait ni trop chaude ni trop froide. Puis il se sent s'élever de terre, flotter dans l'espace, de plus en plus haut, et regarder le monde étendu à ses pieds.

Il était évidemment à cet instant aussi près que possible de la mort. A partir de cet instant, il ne voit plus rien, jusqu'au moment où il se retrouve étendu sur l'herbe, ayant auprès de lui son ami qui l'a repêché et a réussi à le ramener à la vie au moyen de frictions et de pratiques de respiration artificielle très prolongées. »

Obs. XLVI [Egger, 1896, p. 359]. — Auto-observation de M. L***, directeur d'une école normale. — A l'âge de huit ans et demi, il tombe dans une fontaine : ... « Il me souvient que, pendant un temps que je ne puis apprécier, mais qui me sembla d'une longueur infinie, je me débattis avec l'idée de retrouver les marches et de les grimper à quatre pattes. Puis, j'eus la sensation fortuite que tout mouvement était inutile, que j'allais mourir, et je demeurai immobile pendant que l'eau me pénétrait dans la bouche et les oreilles avec un fort glouglou. Le fait que j'entendais encore ce bruit d'entonnoir, indiquerait que ma chute ne remonterait en réalité qu'à très peu d'instants, quelques secondes peut-être.

« C'est alors qu'il se fit spontanément dans ma conscience un défilé extrêmement rapide, et comme kaléidoscopique, de nombreux épisodes de ma vie passée, évidemment de ceux qui m'avaient le plus impressionné et formaient à cette époque le contenu principal de mon moi. J'emploie le mot défilé à dessein, parce qu'il me semble bien que les images ne furent pas simultanées. Je crois pouvoir affirmer en outre : 1° que je ne vis pas ainsi tous les instants consécutifs de ma vie antérieure et qu'il y avait des trous : 2° que les images défilaient dans un certain ordre, ordre chronologique à rebours. Elles étaient extraordinairement intenses et nettes, extériorisées ; je me voyais moi-même objectivement comme un autre. Voici celles de ces images qui me sont restées dans l'esprit : Une représentation de chiens savants donnée quelques jours auparavant par des bateleurs ; plusieurs scènes de ma vie d'écolier : querelles avec des camarades, leçons du maître, compétitions pour les places, distribution des prix ; — puis des incidents de catéchisme et des figurations de cérémonies religieuses (j'étais enfant de chœur) ; puis les circonstances de la mort de mes parents, surtout celle de ma mère ; enfin une grande frayeur éprouvée deux ans auparavant et dont le souvenir ne m'est peut-être demeuré que grâce au point de repère que ce rappel établit pour moi : Un jour d'été fort orageux où le soleil, sans rayons, passait à travers les nuées comme une boule sanglante, j'avais cru que cet astre allait s'éteindre et que la fin du monde arrivait, et j'avais passé toute une après-midi dans des transes d'épouvante, étonné cependant de l'indifférence des autres personnes. La période ainsi passée en revue n'allait certainement pas jusqu'à ma toute première enfance, et ne dut pas embrasser plus de trois ou quatre années, soit parce qu'au delà de ce temps je n'avais pas de souvenirs, soit parce que le défilé fut interrompu par la syncope... Malgré l'ancienneté de ces souvenirs qui remontent à une trentaine d'années, j'en garantis la rigoureuse exactitude. Je ne suis certainement pas dupe ici, bien que j'aie des habitudes de récapitulation, ou peut-être à cause de cela, de ces enjolivements dont il peut arriver que nous ornions inconsciemment le passé : j'ai la mémoire longue et ordinairement vive... (p. 359.) »

Il ne faudrait pas croire que ce genre de visions soit l'apanage exclusif des noyés. Des cas analogues ont été rapportés par diverses personnes qui s'étaient trouvées en danger de mort dans des circonstances diverses :

Obs. XLVII (G. Derepas, 1883, p. 203). — Le 2 décembre 1870, j'étais couché, la main mutilée à 50 pas des Prussiens. Les balles sifflaient autour de ma tête avec une continuité qui rendait ma mort imminente. Du moment, toute la suite de ma vie, dans ses moindres détails, m'était présente avec une lucidité extraordinaire. Je vois encore ce tableau parfaitement éclairé, et fixé là devant mon regard. Ce passé qui nous réchappe d'ordinaire dans un lointain vaporeux, était comme ressuscité. Jamais je n'ai senti comme ce jour-là le positif et la réalité de la durée. Ceux qui vont mourir ont au dernier moment dit-on, une vision intense et simultanée de tous les événements qui se sont succédé dans leur existence. Je le comprends pour l'avoir éprouvé. On peut pour ces cas modifier la célèbre formule de Platon et dire : Le temps est l'image immobile de l'immobile éternité.

Il semble en somme que ce phénomène soit lié étroitement aux états syncopaux.

Ce genre de réminescence se produit quelquefois chez les épileptiques. Elle constitue alors une forme particulière d'âme intellectuelle (Huglings-Jackson, 1888, p. 179).

Enfin, il existe des observations, dans lesquelles on ne trouve ni syncope, ni trouble névropathique proprement dit, mais seulement une vive émotion. Tel est le cas rapporté par Forbes Winslow, et où il s'agit d'un homme qui, voyant arriver sur lui un train lancé à toute vapeur, n'eut que le temps de s'allonger entre les deux rails pour le laisser passer (C. p. Babilée, 1886, p. 47).

Charles Darwin [1887 T. I, p. 31], dans des circonstances beaucoup moins graves, rapporte avoir observé sur lui-même un fait analogue.

Obs. XLVIII. — Je m'absorbais souvent complètement, et un jour, en retournant à l'école (il avait alors entre 9 et 16 ans) je marchais au sommet des vieilles fortifications de Shrewsbury, sur lequel on avait tracé un sentier public sans parapet d'un côté. Je sortis du chemin et je tombai sur le sol. La hauteur atteignait seulement 7 ou 8 pieds. Néanmoins, le nombre des pensées qui traversèrent mon esprit pendant cette courte chute, aussi rapide qu'inattendue fut étonnant, et paraît être peu compatible avec l'assertion des physiologistes qui prétendent que chaque pensée exige une quantité de temps appréciable.

En somme tous ces faits peuvent être considérés comme des rêves, des rêves ne différant des rêves normaux que par leur cause et les circonstances spéciales dans lesquelles ils se produisent. Quant à leur mécanisme intérieur, aux lois qui en régissent la succession des images, il n'y a aucune raison de supposer qu'il soit différents de ce qu'ils sont dans les rêves du sommeil naturel.

§ 3.

On peut également rapprocher ces faits de ceux que l'on observe dans certains sommeils toxiques, notamment sous l'influence du haschisch et de l'opium.

Sous l'influence du haschisch, « le temps, dit Moreau de Tours [1845. p.685], semble d'abord se traîner avec une longueur qui désespère. les minutes deviennent des heures et les heures des journées... Un soir, traversant le passage de l'opéra, je fus frappé de la longueur en temps que je mettais pour arriver jusqu'au bout, j'avais fait quelques pas au plus, qu'il me semblait qu'il y avait bien deux ou trois heures que j'étais là. » Toutes les personnes qui ont observé les effets du haschisch sur elles-mêmes ou sur les autres parlent d'illusion de ce genre. « Il donne aux instants, dit Delasiauve [1863, p. 224] une lenteur indéfinissable, source d'anxiété ou de délices, conformément aux émotions dominantes. » Nous avons eu, dit l'auteur anonyme du traité théorique et pratique du haschisch [1895, p. 59], cette sensation que nous vivions depuis des siècles et des siècles, et l'origine de notre naissance remontait dans notre esprit à une époque si lointaine, qu'il nous semblait presque que nous étions immortels.

Obs. XLIX. — Nous marchions, dit Delasiauve [*Journal de médecine mentale*, T. III, 1863, p. 223], mon ami et moi, vers les quais ; les rues paraissaient interminables, les ponts à des distances infinies. Une voiture que nous prîmes à cause de l'heure avancée, ne roulait pas. Les minutes duraient des heures...

On trouve des faits analogues dans Rech (1845, obs. 8, p. 27, et obs. 4, p. 15-17), Legrand du Saule (1856, p. 581).

Obs. L (Obs. 7 de Rech. 1845 p. 20-26). — Mes sensations étaient plus obstuses : le monde extérieur avait un aspect étrange et indéfinissable dont j'étais tout étonné, mais cet étonnement était paisible ; les sensations ne provoquaient en moi qu'une réaction tardive. Les facultés intellectuelles avaient également perdu leur activité..., Mon erreur la plus curieuse était celle qui portait sur le temps qui me paraissait démesurément long.

... Mes idées me paraissaient larges et élevées, j'étais tout étonné de l'éclat qui soudainement illuminait tout mon être ; je me sentais pénétré d'une chaude et sublime poésie ; ma tête me semblait un volcan ; les sensations et les sentiments se succédaient avec une incomparable rapidité, cependant avec une apparence d'entraînement ; presque toujours il y avait transition. Cet enchaînement qui me perdait, je le saisissais, mais je ne prenais pas la peine de l'énoncer de sorte que, pour ceux qui m'écoutaient, mon langage paraissait beaucoup plus décousu qu'il n'était en réalité. Mon imagination était la plus exaltée de toutes mes facultés ; tantôt il me semblait qu'on allait me guillotiner, tantôt je croyais assister et même coopérer aux massacres de la Terreur. Je parlais de Carrier, des martyrs républicains ; j'étais saisi d'un indescriptible effroi. Puis je me croyais possédé du démon... Je me débattais violemment et, fatigué de cette agitation, mon corps retombait dans la prostration ; il me semblait que mes organes ensemble se collaient sur mon lit, et c'est là sans doute ce qui me fit croire que j'étais transformé en une de ces statues de pierre que l'on voit couchées sur les tombeau gothiques. On me mettait une mitre de pierre ; j'étais l'effigie d'un évêque. Au-dessous de moi se trouvait un cercueil dans lequel reposait un roi. Je distinguais parfaitement les ogives humides et verdâtres des voûtes ; il passait un froid pénétrant... Celle (l'erreur) qui portait sur l'appréciation du temps fut telle, qu'elle durait pendant toute la journée de l'expérience, le lendemain et un peu les jours suivants. J'eus beaucoup de peine à croire que le délire n'eût duré que deux heures, comme on me l'assurait ; j'étais persuadé que ma folie remontait bien au-delà de trois mille ans. Je fis de cette singulière action une application plus singulière : puisque ma folie remonte si loin, on peut, dis-je, l'invoquer comme une preuve de l'ancienneté de la terre !... J'étais étonné du flux intarissable d'idées qui m'arrivaient, du flux intarissable de paroles auxquelles je me livrais... Ma mémoire fut peu modifiée, je me rappelle avec beaucoup d'exactitude même, les hallucinations qui se succédaient rapidement... Le monde réel, ainsi que le monde de mes hallucinations, s'offrait à moi avec des couleurs d'une vivacité pénétrante...

Il est à remarquer que cet allongement apparent du temps, sous l'influence du haschisch, ne se produit pas exclusivement dans cet état de rêve qui suit l'absorption de cette substance, mais aussi à des moments où le sujet, parfaitement lucide d'ailleurs, accomplit normalement des actes de la vie ordinaire. En voici un cas particulièrement curieux.

C'est l'auto-observation du docteur H. C. Wood :

Obs. LI (H. C. Wood, 1888, p. 197). — L'auteur, après avoir pris du haschisch, est appelé chez un malade. Pendant qu'il écrivait sa prescription, il se trouva dans un état de demi-inconscience : mais tout se passa normalement néanmoins. « Lorsque j'eus fini, dit-il, je me rappelai soudainement où j'étais, et levant les yeux je vis mon malade tranquillement assis devant moi. J'avais la conviction irrésistible que j'étais resté assis ainsi un grand nombre de minutes, peut-être d'heures, et immédiatement j'eus l'idée que la substance avait commencé à agir et m'avait jeté dans une sorte d'état de transe d'une durée considérable, pendant lequel j'étais resté stupidement assis devant mon malade étonné. Je me levai à la hâte et m'excusai d'être resté si longtemps ; mais on m'assura que je n'étais resté qu'un petit nombre de minutes. » Quelques pages plus loin (p. 199), le même auteur s'exprime ainsi : « J'avais maintenant entièrement perdu le pouvoir de mesurer le temps. Les secondes étaient des heures, les minutes étaient des jours, les heures étaient infinies. Cependant, j'étais parfaitement conscient dans l'intervalle des paroxysmes : je consultais ma montre et après une heure ou deux (à ce qu'il me semblait), je la consultais de nouveau et je m'aperçus qu'il y avait à peine cinq minutes écoulées. Je restai étonné devant elle, dans un état de profond ennui, l'aiguille des minutes semblant absolument immobile, comme taillée dans le cadran même, et la lente aiguille des secondes se mouvant si lentement ! si lentement ! Cela m'apparaissait comme une tâche sans espoir de la surveiller pendant l'entière durée de son circuit infini d'une minute et toujours j'y renonçais avec désespoir avant que les soixante secondes fussent écoulées. Quelquefois lorsque mon esprit était plus lucide, il y avait une sorte de dédoublement relativement à la durée du temps. Je pensais en moi-même : il s'est écoulé bien longtemps depuis tel événement... Et alors la raison disait : non, il n'y a eu que quelques minutes. Vos pensées et impressions sont troublées par le poison.

Il peut arriver cependant que l'illusion se présente exactement comme dans les rêves non toxiques, que nous avons rapportés. C'est ainsi que De Lucca (cité par H. C. Wood, 1888, p. 195) vit comme dans un panorama, les différents événements de sa vie entière, se succédant en ordre, et sans pouvoir d'ailleurs fixer son attention sur aucun d'eux en particulier.

J'ai cherché si on n'avait pas observé des faits analogues, dus à l'opium. D'après M. Laurent une certaine impression d'allongement du temps peut en effet être ressentie sous cette influence, mais avec des caractères tout autres : « Dans le haschisch, dit-il, elle est effrayante, il semble que des années s'écoulent en quelques minutes, on a la sensation d'infini, d'éternité, l'intoxiqué pense avec angoisse qu'il est fou depuis plusieurs siècles, les objets paraissent éloignés, il paraît qu'on ne réussira jamais à les atteindre, j'ai vu un intoxiqué considérer avec désespoir sa maison distante de cent mètres, disant qu'il ne pourrait jamais l'atteindre, puis, le chemin fait, se demander depuis combien de temps il marchait. Dans l'opium je n'ai jamais rencontré bien entièrement l'allongement de l'espace, et, quant à celui du temps, il ne se produit qu'au moment de la rêverie sans pensée, et se borne à ce que, ayant fermé les yeux un quart d'heure, on croit qu'il s'est passé une heure. »

SECTION III

LES INTERPRÉTATIONS.

§ 1er.

Les observations (XL et XLI) rapportées par Taine sont données par lui à titre d'exemples « d'accélération du jeu des cellules corticales », titre qui est en lui-même toute une hypothèse.

Cependant, n'est-il pas bien aventureux de parler d'accélération du jeu des cellules corticales, alors que nous ignorons tout de ce jeu, même à l'état normal?

Ce que nous savons de la psychologie cellulaire en général se ramène à peu de chose. Nous avons une idée assez précise, mais toute extérieure en somme, de la reproduction cellulaire et des phénomènes de karyokinèse qui l'accompagnent. Plus extérieure encore est l'idée que nous avons des phénomènes de nutrition cellulaire ; nous ne les connaissons que du dehors, en somme par l'étude des produits d'assimilation et de désassimilation. Quant au reste de ce qui peut constituer la vie de la cellule, nous l'ignorons complètement.

Pour ce qui est de la cellule nerveuse en particulier, nous savons qu'elle ne se reproduit pas. Pour un histologiste donc, « accélération du jeu des cellules corticales » ne peut signifier qu'accélération des fonctions d'assimilation et de désassimilation.

Remarquons que cette accélération est, par hypothèse, énorme. Comme nous dit Taine, il est des personnes qui ont pu « vivre mentalement pendant un rêve de quelques minutes, une vie de plusieurs années et de plusieurs centaines d'années. (*De l'Intelligence,* t. I. p. 400, 7e éd. Paris, 1895, in-16°.)

Pour mettre les choses au mieux, supposons un individu ayant « vécu mentalement » seulement une année en dix minutes. Comme une année contient 525,600 minutes, la vitesse ainsi « accélérée » du jeu des cellules cérébrales de cet individu sera à la vitesse normale, comme 525,600 est à 1. Les produits de désassimilation sont dans la même proportion, c'est-à-dire, pour traduire en langue vulgaire ces données théoriques, que cet homme sera 525,600 fois plus fatigué que s'il avait vécu ces dix minutes dans un état de veille normal. En fait, ni cette fatigue invraisemblable, ni même une augmentation notable des produits de désassimilation n'ont été constatées dans les cas que j'ai signalés.

D'ailleurs « l'accélération du jeu des cellules corticales » fût-elle possible et fût-elle même démontrée, nous autres psychologues ne serions pas en droit de considérer ce fait psychologique, comme une *explication* des phénomènes que nous étudions. Un phénomène psychologique, ne peut jamais être considéré comme l'explication des états de conscience qui se développent parallèlement à lui. L'explication des faits psychologiques, comme l'a démontré Stuart Mill, se ramène toujours à l'exposition d'associations d'idées successives, et pas autre chose.

Il faut noter d'autre part, que la plupart des prétendues explications physiologiques, histologiques, etc., ne sont que la traduction plus ou moins libre en langage anatomique des faits mêmes qu'il s'agit d'expliquer.

On écrit *cellule* au lieu de *image*, *fibre* au lieu de *association*, etc., et le tour est joué. Si nous faisons maintenant en sens inverse la traduction de l'hypothèse de Taine, nous trouvons que accélération du jeu des cellules corticales est là pour accélération du jeu des images : Taine considérait en effet, comme démontré *a-priori* que les images dans les faits qu'il a cités, s'étaient succédé avec une rapidité extraordinaire. Cependant c'est là non point un fait d'observation, mais une hypothèse. Je vais l'examiner comme telle et voir dans quelle mesure elle est justifiée.

§ 2.

Présentée sous cette forme psychologique, que l'on confond d'ailleurs ordinairement avec la forme pseudo-anatomique, que Taine lui avait donnée, cette hypothèse est celle qui a eu le plus de succès. On la trouve reproduite presque partout. « Je ne dirais pas avec le docteur Macnish, dit Charma (p. 47-48) que le temps est en quelque sorte supprimé, annihilé dans nos songes, je dirai seulement que nos idées, dont la succession le mesure, s'y pressent, s'y accumulent, s'y combinent avec une extrême facilité, y divisent par cela même en un beaucoup plus grand nombre de parcelles distinctes, une portion quelconque de la durée, créant ainsi et entassant des heures dans une minute, des années dans une heure ». Et plus loin (p. 48-49) « la rapidité avec laquelle l'existence endormie accumule les événements qui s'y déroulent, tient... en très grande partie, à la rapidité même avec laquelle se peuvent combiner nos idées, quand l'imagination qui les accouple est abandonnée à son mouvement propre, libre de toute règle, dégagée de tout frein... »

Il convient avant d'aborder la discussion de cette hypothèse, de bien préciser la pensée des auteurs. Elle se ramène, il me semble, à ceci : la durée est une notion sensiblement subjective qui ne peut être mesurée que par le nombre des sensations qui se succèdent dans l'esprit et elle apparaît toujours au sujet comme proportionnée au nombre d'images. Si donc le sujet croit avoir vécu une heure dans un rêve de dix minutes, c'est uniquement parce que son esprit a été traversé pendant ce temps par des images six fois plus nombreuses qu'elle n'auraient été à l'état de veille.

Cette interprétation des rêves repose donc essentiellement sur une théorie particulière de l'appréciation de la durée. Cette théorie a été énoncée pour la première fois, je crois, par Condillac. Examinant dans le *Traité des sensations* (1re partie, chap. IV, § 16 et 17, Éd. 1798, p. 108 et 110) quelle idée de la durée pourrait avoir un homme borné à un sens unique, une statue qui aurait été douée du sens de l'odorat, voici ce qu'il dit :

« Plusieurs impressions peuvent se succéder dans l'organe, pendant que le souvenir d'une même sensation est présent à la mémoire ; et plusieurs sensations peuvent se retracer successivement à la mémoire, pendant qu'une même impression se fait éprouver à l'organe. Dans le premier cas, la suite des impressions qui se font à l'odorat, mesure la durée du souvenir d'une sensation ; dans le second, la suite des sensations qui s'offrent à la mémoire, mesure la durée de l'impression que l'odorat reçoit. »

« Si, par exemple, lorsque la statue sent une rose, elle se rappelle les odeurs de tubéreuse, de jonquille et de violette, c'est à la succession qui se passe dans sa mémoire qu'elle juge de la durée de sa sensation : et si, lorsqu'elle se retrace l'odeur de rose, je lui présente rapidement une suite de corps odoriférants, c'est à la succession qui se passe dans l'organe qu'elle juge de la durée du souvenir de cette sensation. Elle aperçoit donc qu'il n'est aucune de ses modifications qui ne puisse durer. La durée devient un rapport sous lequel elle les considère toutes en général, et elle s'en fait une notion abstraite. »

« Si dans le temps qu'elle sent une rose, elle se rappelle successivement les odeurs de violette, de jasmin et de lavande, elle s'apercevra comme une odeur de rose qui dure trois instants ; et si elle se retrace une suite de vingt odeurs, elle s'apercevra comme étant odeur de rose depuis un temps indéfini : elle ne jugera plus qu'elle ait commencé de l'être, elle croira l'être de toute éternité. »

§ 17. — « Il n'y a donc qu'une succession d'odeurs transmises par l'organe ou renouvelées par la mémoire qui puisse lui donner quelque idée de la durée. Elle n'aurait jamais connu qu'un instant si le premier corps odoriférant eût agi sur elle d'une manière uniforme pendant une heure, un jour ou davantage ; ou si son action eût varié par des nuances si insensibles qu'elle n'eût pu les remarquer. »

« Il en sera de même si, ayant acquis l'idée de durée, elle conserve une sensation sans faire usage de sa mémoire, sans se rappeler successivement quelques-unes des manières d'être par où elle a passé ! Car à quoi y distinguerait-elle des instants ? Et si elle n'en distingue pas, comment apercevra-t-elle la durée ? »

« L'idée de la durée n'est donc point absolue, et lorsque nous disons que le temps coule rapidement ou lentement, cela ne signifie autre chose sinon que les révolutions qui servent à le mesurer se font avec plus de rapidité ou avec plus de lenteur que nos idées ne se succèdent. »

Cette théorie est presque universellement acceptée ; cependant, il ne me semble pas qu'elle soit à l'abri de la critique.

Condillac l'appuie uniquement sur un raisonnement dont on peut contester la valeur. Pour expliquer la notion de durée, il s'efforce de réduire le temps en une sorte de poussière impalpable ; puis il nous affirme que c'est en additionnant ces atomes de temps que nous construisons la notion de durée. En d'autres termes, il essaye de réduire la notion de durée en une simple idée de nombre. Mais on ne retrouvera jamais, dans la somme des *instants* de Condillac que ce que l'on aura bien voulu mettre dans chacun d'eux en particulier, et si, comme le suppose Condillac, ils ne peuvent, pris isolément, nous donner la notion de durée, leur succession ne nous la donnera pas davantage.

Que valent donc les vérifications expérimentales qu'on a essayé de faire de cette théorie ? Je remarque immédiatement que dans les deux auteurs qui ont essayé de faire cette vérification, je veux parler de Taine et de Guyau, elle s'appuie uniquement sur une pétition de principe. Taine, en effet, donne les rêves que j'ai rapportés comme propres à démontrer l'exactitude de sa théorie de la durée, mais il omet de justifier l'interprétation qu'il donne de ces rêves. Il semble la considérer comme évidente.

Il en est de même de Guyau (1890, chap. V, § 1er, p. 81) : « Ce qui prouve bien, dit-il, que nous mesurons le temps au nombre des sensations... c'est la façon dont nous évaluons approximativement la longueur d'un rêve. Dans cette appréciation où n'entre plus d'autre élément que la conscience, c'est uniquement au nombre des images passées devant nos yeux que nous nous référons pour juger du temps écoulé, et de là, les erreurs les plus singulières. Tel rêve paraît avoir duré plusieurs heures qui n'a duré en réalité que quelques secondes. » Et, à l'appui, il cite sans indication de provenance, un rêve qui paraît être le rêve de l'étudiant rapporté par Taine.

Nulle part, je n'ai trouvé de démonstration sérieuse

de cette hypothèse générale et je suis étonnée que ces promoteurs n'aient pas été arrêtés par cette constatation d'expérience vulgaire que le temps paraît d'autant plus court qu'il est, comme on dit, plus rempli, d'autant plus long que les états de conscience sont moins nombreux et plus uniformes.

Cette théorie générale touchant l'appréciation de la durée, fût-elle d'ailleurs démontrée, son application aux cas spéciaux qui nous occupent, n'irait pas sans difficulté.

Et, d'abord, il est au moins étonnant que les promoteurs de cette hypothèse n'aient pas parlé de la grosse difficulté qu'elle soulève *a priori*. Elle implique, en effet, une suractivité de l'esprit qu'on ne s'attend guère à rencontrer dans le sommeil. On est habitué à considérer le sommeil comme un état caractérisé par, sinon la suspension complète, du moins, l'affaiblissement de l'activité mentale. Voici qu'on nous présente des faits, où cette activité s'élève à un point où elle n'atteint jamais à l'état de veille. Jamais de semblables phénomènes n'ont été observés à l'état de veille. Or, comme le fait remarquer M. Le Lorrain (1894, p. 275) : « Nulle introspection et nulle expérience... n'autorisent l'affirmation que la vie de sommeil acquiert une telle suractivité fonctionnelle qu'en moins d'une seconde s'y succède une liste d'événements, qui, vus au stéréoscope, réclameraient certainement un intervalle soixante fois plus long........ Même en dehors des considérations relatives à un état, où le niveau de l'activité totale forcément baisse, il n'y a aucune raison de penser que le chœur des sensations et des images doive évoluer avec plus de rapidité dans le sommeil que dans la veille. »

D'autre part, nous savons par l'expérience que toute période de suractivité mentale est suivie d'une période de dépression, de fatigue psychique. Une suractivité aussi considérable, aussi monstrueuse, oserai-je dire, puisqu'elle équivaudrait au total de l'activité psychique d'une vie de plusieurs années, devrait être suivie d'une fatigue proportionnée. Or, je ne vois d'état de ce genre signalé dans aucune observation que j'ai rapportée.

On a invoqué à l'appui de cette thèse de l'accélération ce qui se passe sous l'influence du haschisch. On sait que cette substance, entre autres phénomènes, produit souvent une excitation d'intensité très remarquable, une sorte d'ivresse, pendant laquelle il semble que les idées se succèdent chez le sujet avec une rapidité très grande ; il parle avec volubilité, passant sans cesse d'un sujet à un autre.

Comme, d'autre part, un grand nombre de haschischés éprouvent l'illusion que nous étudions en ce moment, il était assez naturel que l'on cherchât s'il n'y avait pas un lien de cause à effet entre les deux phénomènes. Mais il me semble très douteux, d'après les observations que j'ai lues, que ces deux phénomènes soient toujours concomitants. Plusieurs personnes qui ont l'habitude de prendre du haschisch *pour s'exciter* m'ont dit n'avoir jamais éprouvé d'illusion sur la durée du temps, lorsqu'elles ne dépassaient pas « la dose de travail ». D'autre part, nous voyons des cas de cette illusion chez des haschischés qui ne se trouvaient certainement pas, au moment où elle se produisait, en proie à ce flux intellectuel, à cette hypéridéation. (Obs. XLIX, p. 75.)

Si l'on considère d'ailleurs les effets d'autres poisons de l'intelligence, plus banals et mieux étudiés que le haschisch, on voit que tous produisent au début, et lorsque les doses ne sont pas trop fortes, une hyperidéation analogue. « ... Les pensées se succèdent d'abord plus rapidement, l'imagination est plus active, plus chaude et plus colorée, les expressions sont plus vives et plus fortes, les idées semblent arriver et s'enchaîner toutes seules, la parole coule plus facilement... plus tard... les idées se précipitent et se succèdent avec une extrême rapidité, et sans les élaborer, sans les mûrir, il les traduit immédiatement par des paroles et par des actes... » (Griesinger, p. 365.) Cette description de l'ivresse alcoolique pourrait, avec très peu de modification, convenir à l'ivresse haschischique ou à toute autre. Et cependant, on n'a jamais soutenu que le temps parût anormalement long dans l'ivresse alcoolique.

§ 3.

Si l'on veut donner une explication définitive des faits discutés dans le chapitre précédent, si l'on veut même simplement porter la discussion des interprétations ci-dessus au cœur même de la question, il convient de se rendre un compte exact sinon du mécanisme du rêve, du moins de l'agencement de ses différentes parties, de son architecture en quelque sorte. Comment les idées, les sentiments et les images s'y succèdent-ils ? Quels sont les rapports qui unissent ces trois classes d'états de conscience ? Quels sont les caractères spéciaux que présentent dans le rêve chacune de ces classes ?

C'est un lieu commun que l'incohérence du rêve. Tous les auteurs on ont parlé, le comparant à une lanterne magique, à un kaleïdoscope, etc. Ce caractère a même servi quelquefois à le définir. « Le rêve, dit Lasègue (Archives générales de médecine, nov. 1881) est une hallucination visuelle à tableaux mobiles, variables, se succédant rapidement, sans transition, et dans laquelle le dormeur qui a perdu la conscience de sa personnalité, participant aux scènes qui se déploient devant lui avec la rapidité changeante d'un kaleïdoscope, va, vient, s'agite et franchit en un instant des espaces sans limites, pour se trouver à son point de départ. »

M. Tannery a fort bien observé que lorsque nous cherchons à nous rappeler nos rêves, nous ne retrouvons plus guère que des images fugitives, à peu près sans lien logique. (Sur la mémoire dans le rêve. *Rev. philo.*, 23e an., 1898, p. 637-640).

Obs. LII (Burdach, 1839 p. 241). — Grustkusen rêva qu'il montait un cheval qui se transforma en bouc, celui-ci en veau, puis en chat, en jeune fille et enfin en vieille femme ; l'arbre sur lequel le chat s'était mis à grimper devint une église, et celle-ci un jardin ; l'orgue de l'église devint une guimbarde, dont jouait le chat, puis le chant de la jeune fille. Certes voilà un rêve incohérent !

En somme, on peut considérer le rêve comme formé d'une succession de tableaux *sans aucun lien apparent entre eux*. Les causes de la succession de ces tableaux les uns aux autres, l'apparition de l'un d'eux plutôt que d'un autre, sont évidemment mal déterminées. Maury a fort bien montré le grand rôle que jouent à ce point de vue les sensations et les différentes impressions venues du dehors.

Un autre élément est fourni par la transformation d'une image en une autre, présentant avec elle soit des points communs, soit quelque autre lien.

La transformation des images en images analogues, fort bien observée pour les images visuelles et auditives, pourrait certainement être facilement mise en lumière pour les images des autres sens.

Hervey semble même considérer cette transformation comme un résultat de l'attention dans le rêve. « Si vous cherchez, dit-il (1867, p. 281), à bien fixer vos regards sur les traits beaux ou laids d'un personnage quelconque, il est rare qu'au bout d'un instant vous n'ayez pas le spectacle d'une série de transformations des plus capricieuse. Tantôt il s'opère de rapides substitutions par voie de ressemblance, tantôt ce sont d'effrayantes métamorphoses, de hideux changements à vue, un nez qui s'allonge et tourbillonne, des yeux qui deviennent tout ronds et qui se mettent à rouler sur eux-mêmes. On rentre alors dans une sorte de période hypnagogique.

La part de ces transformations incohérentes est encore plus grande qu'on ne se l'imagine au premier abord. C'est ce qu'avait remarqué Delbœuf. « Le rêve, dit-il (1879, p. 341), est mobile et changeant. Rien de plus commun que d'y voir un chat se transformant en fille, un arbre en église. Pourtant, j'ai des scrupules au sujet de ces prétendus changements. Je me demande si ce sont là de véritables métamorphoses. Quand vous racontez ces sortes de rêves, vous ne dites jamais que le chat se changea en jeune fille, l'arbre en église, vous vous exprimez autrement, par exemple : je jouais avec un chat, mais un moment après ce n'était plus un chat, c'était une jeune fille. Ou bien : j'étais d'abord sous un arbre, mais sans que je sache comment, je me trouvai au milieu d'une église. Or, dans mon opinion, vous avez d'abord rêvé d'un chat, puis d'une jeune fille, et c'est votre esprit qui, soit pendant le sommeil, soit le plus souvent au réveil, pour s'expliquer à lui-même la continuité de certaines autres parties du rêve, suppose une transformation que vous n'avez pas constatée expressément dans votre rêve. En fait, il y aurait simple substitution d'une image à une autre, sans changement interne et progressif.

« Souvent, dit ailleurs le même auteur, (1880, p. 637), des actions dont la seule pensée nous révolte, semblent nous avoir paru en rêve toute naturelles. Je crois que dans la plupart des cas, sinon dans tous, on est victime d'une simple substitution d'images... Un phénomène à mettre sur la même ligne est celui qui vous fait donner en rêve le nom d'un ami à une figure étrangère. Vous rêvez, par exemple d'un collègue, au visage de ce collègue s'en substitue brusquement un autre, mais le nom reste, et à votre réveil, vous dites que vous avez rêvé d'un tel, mais que le personnage du rêve ne lui ressemblait pas... »

Sans doute, à elles seules, ces deux données ne

pourraient suffire dans tous les cas à expliquer la succession des images, et, dans certains cas, on ne peut nier l'influence des idées plus ou moins conscientes du sujet. Mais je crois que cette influence est très restreinte. Evidemment, il serait difficile de donner à cette opinion une démonstration rigoureuse, mais on peut tirer un puissant argument en sa faveur, de ce fait que, il est des cas où le côté représentatif existe seul, *sans idées*. Je veux parler des hallucinations hypnagogiques. Les hallucinations hypnagogiques ont été considérées avec raison par la plupart des auteurs comme étant en quelque sorte la monnaie du rêve, si on les compare aux illusions sensorielles du rêve proprement dit, on se convaincra rapidement qu'elles sont de même nature, et que les conditions de leur apparition doivent être identiques (cf. Maury, 1861, p. 50).

Or, innombrables sont les exemples d'hallucinations hypnagogiques, se succèdant avec l'incohérence logique la plus absolue. Paul Dupuy (1879, p. 11-12) dans un état de demi-somnolence, et sans apercevoir personne, entend une courte phrase prononcée avec un accent gascon très caractérisé. Cette phrase ne faisait nullement suite à ce qu'il avait dans l'esprit.

« Réveillé depuis trois heures et demie, dit M. X., (Paul Dupuy, 1879, p. 23 n. 1), ne pouvant retrouver le sommeil, et sur le point de me lever, je pensais au rôle du suc pancréatique dans la digestion, lorsque soudain cette phrase conçue par moi, s'intercale pour ainsi parler dans le cours de ma pensée : « il y en a donc cinq exclusivement. » On dirait la conclusion d'un raisonnement que je ne m'étais point fait. Je n'ai point songé à une série d'objets. L'incohérence a été aussi complète que possible. »

« J'étais très fatigué, dit Hervey de Saint-Denis [1867, p. 256-257], ayant passé en rêve toute la nuit précédente. Prévoyant que je m'endormirais vite, j'ai prié un ami, qui s'est assis près de mon lit, de me réveiller cinq ou six minutes après qu'il m'aurait vu bien endormi. Les choses se sont passées comme je le désirais. On m'a réveillé au moment où je songeais que j'empêchais un chien de dévorer un oiseau blessé, rêve complètement formé dont je gardais l'impression très nette à mon réveil. Je remonte aussitôt dans mes souvenirs et j'en retrouve la chaîne ainsi qu'il suit : Parmi les premières silhouettes qui me sont apparues, je me rappelle d'abord une sorte de faisceau de flèches qui s'est dressé, et puis il a semblé s'entr'ouvrir et former un de ces longs paniers où l'on fait chauffer le linge dans les cabinets de bain. Des serviettes blanches se montraient à travers l'osier. Bientôt les brins d'osier ont paru s'amincir, se contourner, s'enrouler, se transformer enfin en un buisson verdoyant, du milieu duquel s'élançait un arbre touffu. Un chien blanc (métamorphose évidente des serviettes), s'agitait de l'autre côté du buisson, s'efforçant de passer au travers, tandis qu'un oiseau blessé se traînait à mes pieds dans le gazon. Le chien étant parvenu à traverser les broussailles, je l'éloignais à coups de canne quand on me réveilla. Depuis quelques instants déjà, l'état de rêve était franchement terminé. »

Jusqu'à présent, nous avons donc vu l'homme qui rêve assistant à un défilé d'images généralement incohérentes et éprouvant, à l'occasion de ces images, des émotions diverses. Mais, est-ce là tout le rêve ? Nous savons qu'au réveil le sujet qui raconte son rêve ne le présente guère comme une suite de tableaux dépourvus de sens, ni même complètement incohérents, mais comme un drame contenant une ou plusieurs idées maîtresses, durant souvent depuis le commencement jusqu'à la fin. Sans doute, il y a des lacunes, on ne sait pas pourquoi tel personnage a succédé brusquement à tel autre, ni comment on a changé de lieu, mais ces lacunes ne sont pas sans analogie avec celles qui résultent, au théâtre, de la découpure en actes ou en tableaux, et n'empêchent pas le spectateur de comprendre l'ensemble de la pièce.

Comment peut-il en être ainsi, puisque nous savons maintenant qu'il n'y a pas de pièce ? La chose n'a rien de contradictoire. Pour continuer la même comparaison, je dirai que nous assistons au développement des tableaux du rêve à peu près comme un étranger à une pièce de théâtre. Dans l'ignorance des liens réels qui existent entre ces différents tableaux, il en crée d'imaginaires, et son interprétation personnelle arrive à faire corps avec ses souvenirs sensoriels. Elle est pour lui la pensée véritable de l'auteur, la pensée *qui a régi la succession des tableaux*.

M. Tannery paraît avoir entrevu cette hypothèse, mais c'est au réveil qu'il place ce travail de synthèse que nous faisons en prenant pour élément les tableaux incohérents qui se sont succédé dans notre imagination. « En réalité, dit-il, nous ne nous souvenons pas de nos rêves, mais de la reconstruction que nous en faisons au moment de notre réveil, reconstruction qui a pour base les images fugitives encore présentes en ce moment à la mémoire, et ainsi le travail logique, inconsciemment commencé pendant le rêve pour relier entre eux les tableaux successifs, travail qui en prolonge la durée apparente et en altère déjà les dessins. » (Tannery, Sur la mémoire dans le rêve, *Rev. Phil.* 1898, p. 637-640).

Cette façon de voir est certainement trop exclusive. Le travail de pseudo-coordination commence pendant le rêve même. « Certaines images, dit M. Delbœuf (1880, p. 639), se perpétuant ou se répétant pendant que d'autres varient, l'esprit, par habitude, se figure que les unes et les autres sont brodées sur le même canevas et forment un tout, tandis qu'il n'a devant lui qu'un assemblage plus ou moins confus de découpures. »

Sur ces successions incohérentes d'hallucinations, l'esprit s'efforce de faire le même travail de coordination logique qu'il fait pendant la veille sur les sensations. Il relie entre elles par un lien imaginaire toutes ces images décousues et bouche les écarts trop grands qui se trouvaient entre elles. Un exemple fera mieux saisir son mécanisme. Je l'emprunte à la même personne qui m'a fourni l'observation :

Obs. LI (Inédite). — Je faisais visiter les travaux de l'Exposition à plusieurs personnes dont je me souviens mal. Nous vîmes d'abord le grand Palais des Champs Élysées dans l'état où il se trouve actuellement, puis pour voir une vue plus générale, nous allâmes aux environs du pont des Invalides, sur la rive droite. Mais à peine avais-je jeté un coup d'œil sur l'ensemble de constructions qui garnissent la rive gauche de la Seine, que les personnes avec qui j'étais ne trouvant pas la vue assez générale, m'entraînèrent sur la hauteur du Trocadéro. Là se trouvait l'exposition du ministère de la guerre, formée de plusieurs étages superposés, creusés dans le sol et traversés par un chemin de fer qui passait sous un pont sous lequel nous étions.

Tel est le récit que je me fis à moi-même de mon rêve, quelques minutes après le réveil. On voit qu'il semble assez cohérent et traversé d'un bout à l'autre par une même idée, l'idée que je visitais les chantiers de l'Exposition. Pour me rappeler les détails, je me servis de de mon procédé habituel qui consiste à me coucher, à fermer les yeux et *à rêver à mon rêve*. J'ai acquis ainsi la certitude que les choses s'étaient passées comme il suit :

Premier tableau. — J'ai les pieds froids et humides, je patauge dans une boue brune et je vois devant moi à cent mètres peut-être, une grande construction blanche dont la façade s'allonge, et placée de telle façon que les points de fuite se trouvaient très à gauche du tableau. Cette construction était manifestement une colonnade, mais les contours en étaient assez vagues (1).

L'indétermination des contours et la blancheur éclatante de la construction, s'opposant à la couleur sale du reste du tableau, et d'autre part, la sensation que j'avais de piétiner dans la boue, m'ont suggéré l'idée que j'étais devant un monument en construction. Cette idée, je suis sûr de l'avoir eue au moment même, mais je ne crois pas avoir pensé en même temps que le monument était le grand palais des Champs-Elysées.

Deuxième tableau. — Je me trouve à la tête d'un pont, et je vois

---

(1) Depuis plusieurs jours il pleut, et les rues de Paris sont extrêmement sales et boueuses. En outre dans mon quartier tout le côté impair de ma rue était démoli et reconstruit récemment, mais la chaussée n'a pas encore été remise en état. Presque tous les jours passant par là, je patauge très réellement dans une boue brune, ayant sous les yeux des façades neuves toutes blanches. Il n'y a donc rien d'étonnant à ce que ces deux groupes d'images se soient trouvés associés dans mon rêve.

des constructions inachevées qui s'élèvent sur l'autre rive. Je crois avoir eu au moment même l'idée très vague que ces constructions étaient celles de l'Exposition. Quant à l'idée que l'endroit où je me trouvais était le pont des Invalides, que ces constructions étaient des palais de la rive gauche, je suis à peu près sûr de ne l'avoir eue qu'après le réveil : elle en aurait été dans cette hypothèse déduite. Je n'avais pas plus que pendant le premier tableau l'idée d'une visite continue et en quelque sorte systématique des chantiers de l'Exposition et non plus l'idée qu'il y eût avec moi qui que soit. — Je me souviens nettement d'un certain effort que je faisais pour prolonger la contemplation de ce tableau lorsque subitement, sans aucune transition et contrairement à mes désirs le troisième se présenta tout à fait différent, comme on va le voir.

Troisième tableau. — Il se subdivise en plusieurs parties : 1° le tableau précédent auquel je m'intéressais, est remplacé par la vue d'un talus gazonné de couleur sombre, s'élevant en pente très douce, assez analogue à certains talus de fortifications modernes, mais sans fossé apparent. Je vois la crête du talus se profilant sur le ciel. Il n'y a pas d'extrémité inférieure, c'est-à-dire que j'ai l'impression vague que ce talus forme la partie supérieure d'une colline avec laquelle il se continue sans interruption, et sur laquelle je me trouve presque aussitôt. Je distingue dans ce talus les extrémités antérieures de canons (ressemblant pour la forme, la couleur et la dimension à des pièces de 120 long que j'ai vues il y a quelque temps). Les canons étaient engagés dans des sortes d'embrasures dont je ne distinguais que l'extrémité antérieure se découpant sur la surface du gazon. J'ai l'impression que je me trouve là contre ma volonté, que j'ai été obligé (moralement) de m'y rendre. Cette impression s'explique tout naturellement par le mode et les circonstances d'apparition du tableau, tels que je les ai rapportés plus haut, et d'autre part c'est cette impression (j'en suis à peu près sûr) qui m'a suggéré l'idée qui a donné au rêve son unité apparente et qui s'est développée dans l'ordre suivant : *a*) j'étais attendu là-haut, — *b*) par des personnes qui y étaient arrivées avant moi, — *c*) ces personnes s'étaient séparées de moi parce que voulant aller là, elles s'étaient dépêchées, tandis que moi qui n'avais aucune envie d'aller de ce côté, j'avais quelque peu traîné en route. Les deux derniers points étaient extrêmement vagues dans mon esprit sur le moment même ; je ne puis les exprimer sans les éclaircir et les préciser un peu, — *d*) cette promenade dans des décors disparates est une visite des chantiers de l'Exposition.

Quatrième tableau. — Dans un talus vert je vois une ouverture comme pour le passage de la voie d'un chemin de fer. Aussitôt réveil.

En somme, ce qui ressort de l'étude successive des éléments constitutifs du rêve, c'est que dans la plupart des cas, l'élément purement imaginatif est primitif, et régit tout le reste. Le rêve est avant tout une succession de tableaux (visuels ou autres peu importe), dont les liens réels sont des analogies qui nous échappent complètement, ou des associations qui n'ont rien de rationnel, mais que nous interprétons plus ou moins.

Cette conception du rêve éclaire déjà quelques uns des phénomènes que nous avons rencontrés. Elle nous montre comment il est possible que se soient passés des faits dans le genre du rêve de Maury guillotiné ; comment une image survenant brusquement et sans rapport logique avec celles qui l'ont précédée, peut jouer en quelque sorte pour le dormeur le rôle d'une clé, qui lui révèle le sens des images plus ou moins incohérentes qui se sont succédé avant, et celles qui viendront après ou plus exactement prête un sens à des choses qui n'en ont pas.

Mais ce que cette conception de la structure du rêve met surtout en évidence, c'est la fréquence très grande dans le rêve, on pourrait dire la permanence, de l'illusion sur la durée du temps. Il est probable que, si on les interprétait conformément à cette hypothèse, les rêves les plus longs en apparence, apparaîtraient comme se réduisant à un petit nombre de tableaux, chacun de

BIBLIOTHÈQUE NATIONALE IMPRIMÉS R.F.

ces tableaux étant accompagné immédiatement d'une sorte de paramnésie, de souvenir faux qui, dans l'esprit du sujet le relie au tableau précédent, ce qui pourrait se représenter ainsi :

Tableau *a* ;

Tableau *b* + souvenir illusoire d'un prétendu passage de a à b ;

Tableau *c* + souvenir illusoire d'un prétendu passage de b à c, etc., le tout pouvant tenir aisément dans l'espace de quelques secondes.

Cette hypothèse est-elle suffisante néanmoins pour expliquer intégralement tous les cas ? Je crois qu'il serait légitime d'y joindre un autre élément d'explication, au moins pour certains cas particuliers. Il y a des cas, en effet, où le récit du sujet accuse une illusion qui paraît avoir porté, non pas sur un ensemble de tableaux complexes, mais sur un fait relativement simple, un seul épisode du rêve qui semble s'être prolongé d'une façon *tout à fait* hors de proportion avec la réalité des faits :

Obs. LIV (De Quincey, p. 294). — Pendant des milliers d'années j'étais enseveli vivant dans des sarcophages de pierre avec des momies et des sphinx, dans d'étroites cavités du cœur des pyramides éternelles.

Obs. LV (Moreau de Tours, 1845, p. 10). — Il se passa dans moi quelque chose d'affreux : j'étouffais, je tombais dans un puits immense, sans fin, le puits de Bicêtre. Comme un noyé qui cherche son salut dans un faible roseau qu'il voit lui échapper, de même je voulais m'attacher aux pierres qui entouraient le puits ; mais elles tombaient avec moi dans cet abîme sans fonds.

Ces deux cas sont empruntés à des sommeils toxiques,

mais peuvent servir à expliquer certains épisodes de rêves normaux. Dans l'un comme dans l'autre, ce qui paraît avoir causé l'impression d'une durée extrêmement longue, c'est le sentiment d'angoisse. Il y a dans la vie « des minutes qui paraissent des siècles », uniquement à cause des impressions pénibles auxquelles on est en proie. Rien ne s'oppose à ce qu'il y en ait d'analogues dans le rêve. Dans certaines observations, celle notamment que j'ai rapportée d'après Taine, et où le sujet voit se dérouler, — pendant de longues heures, à ce qu'il lui semble, — des spectacles atroces, mais *monotones*, il semble bien que l'illusion de durée soit due au moins en partie au sentiment pénible éveillé par ce spectacle.

CONCLUSION

Je pense avoir fait entrevoir dans le cours de ce travail, combien l'étude des illusions du temps dans le rêve peut être féconde en déductions importantes tant au point de vue de la psychologie normale que de la psychologie pathologique. Mais ce travail lui-même n'est et ne pouvait être qu'une ébauche, c'est pourquoi je présenterai en terminant moins des conclusions que quelques aperçus sur les vues générales auxquelles mènerait un travail complet sur le même sujet.

Au point de vue de la psychologie normale, après avoir montré, comme j'ai essayé de le faire, que dans le rêve les illusions du temps ne sont pas des phénomènes accessoires et accidentels, il montrerait comment ces illusions sont la résultante nécessaire et constante de la forme même que prend la vie psychique pendant le sommeil, mais il faudrait qu'il montrât également comment dans certains cas des illusions identiques peuvent se produire pendant la veille et, sur la comparaison des deux mécanismes, on arriverait sans doute à fonder la définition vraie du rêve que l'on a essayé de donner tant de fois sans succès.

Au point de vue de la psychologie pathologique, outre

le profit direct que l'on retirerait d'une telle étude pour la grande question des paramnésies, la même méthode de comparaison pourrait permettre de caractériser avec la même précision ce que l'on a appelé d'un nom si vague les *états de rêve*, et d'établir par conséquent, avec précision, la psychologie de la confusion mentale des délires toxiques et infectieux, et peut-être de la période de début de la paralysie générale (1).

(1) On sait que dans diverses maladies mentales (notamment la période ambitieuse du délire chronique, le syndrome de Cotard, les formes ambitieuses du délire de la paralysie générale), certains malades prétendent vivre depuis des milliers d'années, être contemporains de la création du monde, etc. Quelques anciens auteurs, Moreau de Tours entre autres, ont voulu voir dans ces affirmations le résultat d'illusion de la durée. « Du phénomène que nous venons de décrire, dit Moreau de Tours en parlant de ces illusions (1845, p. 70), nous pouvons rapprocher certaines idées extravagantes que l'on rencontre, parfois, chez les aliénés. Quelques-uns se croient âgés de cent, mille ans. Il en est même qui se disent éternels. » Cette interprétation est complètement abandonnée aujourd'hui ; les « idées extravagantes » auxquelles fait allusion Moreau de Tours, ne sont pas la conséquence d'illusions, elles font partie chez ces malades de tout un système d'idées délirantes.

OUVRAGES CONSULTÉS

—

1551. — **J. Cardan.** — *Hieronimi Cardani de subtilitate libri XXI.* — Lyon, 1551, in-8°.

1764. — **Voltaire.** — *Le blanc et le noir.* — Œuvres complètes de Voltaire, édition Garnier, T. XXI, p. 223-233. Paris, 1879, in-8°.

1792. — **Dugald-Stewart.**— *Éléments de la philosophie de l'esprit humain.* — Trad. Peisse, T. I, p. 257.

— **Maine de Biran.** — *Nouvelles considérations sur le sommeil, les songes et le somnambulisme.* — Ed. Cousin.

1798. — **Condillac.** — *Traité des sensations.* — In : *Œuvres complètes*, T. II. — Paris, 1798, in-8°.

1826. — **Laromiguière.** — *Leçons de philosophie sur les principes de l'intelligence.* — 4e éd., T. II. Paris, 1826, in-8°.

Mai 1827. — **Th. Jouffroy.** — *Du sommeil.* — In : *le Globe*, T. V, p. 102 (19 mai 1827) et p. 110 (22 mai 1827). — Réimp. identique, in : *Mélanges philosophiques*, p. 318-343, Paris, 1833.

1830. — **R. Macnish.** — *The philosophy of sleep.* — Glascow, 1830, in-18 ; VIII + 268 p., et Glascow, 1845, in-18 ; 400 p. environ.

1834. — **P. Prevost.** — *Quelques observations psychologiques sur le sommeil.* — In : Bibliothèque universelle des sciences, belles-lettres et arts rédigée à Genève, année 1834, T. I. — *Littérature*, p. 225-248, Genève, Paris, Bruxelles, 1834, in-8°.

1839. — **R. Macnish.** — *Anatomy of drunkeness.* — 3e éd., Glascow, 1839, in 246 p.

1839. — **Broussais.** — *De l'irritation et de la folie.* — Paris, 1839, 2 vol. in-8°.

— **Burdach.** — *Traité de physiologie.* — Trad. Français, T. V, Paris, 1839, in-8°.

1840. — **L. Aubert.** — *De la peste ou typhus d'Orient..., suivis d'un essai sur le haschisch.* — Paris, 1840, in-8°.

1841. — **J. Moreau de Tours.** — *Mémoire sur le traitement des hallucinations par le datura-stramonium.* — Paris, 1841, in-8°, pièce.

1845. — **J. Moreau de Tours.** — *Du haschisch et de l'aliénation mentale, études psychologiques.* — Paris. 1845, in-8°, VIII + 431 p.

1847. — **J.-J. Sauvet.** — *De l'inhalation d'éther et de ses effets psychologiques.* Expérimentation personnelle. — In : *Annales médico-psychol.*, 1re série, T. X, p. 466-470. — Paris, 1847, in-8°.

1848. — **Edm. Decourtive.** — *Le haschisch.* — *Étude historique, chimique, physiologique.* — Thèse de l'école de pharmacie de Paris, 1848. — Cf. extrait in : *Union médicale*, 1848 ou 1849 sous ce titre : *Quelques expériences faites avec le haschich*, intégralement reproduit in : *Annales médico-psychol.*, 2e série, T. I (13e de la collection), année 1843, p, 414-419.

Juillet 1848. — **Rech.** — *Des effets du haschisch sur l'homme jouissant de sa raison et sur l'aliéné.*— In : *Annales médico-psychol.*, 1re série, T. XII, p. 1-37, juillet 1848.

1851. — **Charma.** — *Du sommeil.* — In : *Mémoires de l'Académie de Caen*, avril 1851, p. 46-48 et 92-95.

1851. — **Lelut.** — *Mémoire sur le sommeil, les songes et le somnambulisme.* — Paris, 1852, in-8°.

1852. — **Ad. Garnier.** — *Traité des facultés de l'âme.* — 3 vol. in-8°, Paris, 1852, et 3 vol. in-12, Paris, 1865.

1854. — **Ed. Berthault.** — *Du haschisch : son histoire, ses effets physiologiques et thérapeutiques.* — Thèse fac. de méd. de Paris, 1854.

1854. — **Lelut.** — Rapport sur le concours relatif à la question : *Du sommeil envisagé au point de vue psychologique.* — In : Comptes rendus de l'acad. des sc. morales et politiques, année 1854, 3e trimestre, 3e série. T. IX, (XXIXe de la collection), p. 375-424, Paris, 1854.

1855. — **J. Moreau de Tours.** — Analyse de : *Du haschisch*, etc., par Ed. Berthault. — In : *Annales médico-psychol.*, 3e série, t. I, p. 174-176, Paris, 1855, in-8°.

1855. — **A. Lemoine.** — *Du sommeil au point de vue physiologique et psychologique.* — Paris, 1855, in-18.

1856. — **X***.** — Réflexions sur l'ouvrage de M. Albert Lemoine intitulé : *Du sommeil au point de vue physiologique et psychologique.* Montpellier, 1856, in-8°.

1856. — **L. du S.** [Legrand du Saulle]. — *Hallucinations de la vue et de l'ouïe... Traitement par le haschisch.* — In : *Annales médico-psychol.*. 3e Sér., T. II, p. 579-582. — Paris, 1856, in-8°.

1857. — **Macario.** — *Du sommeil, des rêves et du somnambulisme dans l'état de santé et de maladie*, précédé d'une lettre de M. le docteur Cerise. — Lyon, 1857, in-8°.

1860. — **H. Taine.** — *Les philosophes français du XIXe siècle.* — 2e éd., Paris, 1860, in-18.

1861. — **L.-F. Alfred Maury.** — *Le sommeil et les rêves ; études psychologiques.* — Paris, 1861, in-8°, VII + 426 p. ; 2e éd., Paris, 1862, in-12, VII + 426 p. ; 3e éd. (augmentée), Paris, 1865, VII + 484 p.

1863. — **Delasiauve.** — *Des diverses formes mentales ; folies ou délires par intoxication* (3e espèce stupide. — Suite). — In : *Journal de médecine mentale*, T. III, p. 212-226. — Paris, 1863, in-8°.

1867. — Anonyme [**Hervey de Saint-Denis**]. — *Les rêves et les moyens de les diriger.* — Paris, 1867, in-8°.

1870. — **H. Taine.** — *De l'intelligence.* — Paris, 1870, 2 vol. in-8°, 492 + 508 p.

1876. — **H. Taine.** — *De l'intelligence.* — 3e éd., Paris, 1876, 2 vol. in-16, 419 + 496 p.

1877. — **Keller.** — *L'état mental des mourants.* — In : *Rev. Philos.*, 2e année, T. IV, p. 311-313.

— **Ch. Richet.** — *Les poisons de l'intelligence; II. Le haschisch, l'opium, le café.* — In : *Revue des Deux-Mondes.* — 3e per. XLVIIe année, T. 20, p. 178-197, Paris, 1877, in-8°.

1878. — **Freusberg.** — *Ueber die Sinnestauschungen in Haufrauch.* — In : *Allg. Zeitschr. f. Psychiatrie*, XXXIVe vol., p. 216-230, Berlin 1878, in-8°.

1879. — **P. Dupuy.** — *Étude psychophysiologique sur le sommeil.* — Bordeaux, 1879, in-8o, 48 p. (Extrait du *Journal de médecine de Bordeaux*, nos 31, 32, 33, 34 et 35.)

1879 et 1880. — **Delbœuf.** — *Le sommeil et les rêves.* — In : *Rev. Philos.*, 4e année, T. VIII, p. 329-356 et p. 494-520 ; 5e année, T. IX, p. 129-169, p. 413-437 et p. 632-649, Paris, 1879 et 1880, in-8o.

1881. — **Lasègue.** — *Le sommeil alcoolique n'est pas un délire, mais un rêve.* — In : *Archives de médecine*, 1881. — Réimp. in : *Études médicales*, T. II, p. 203-227, Paris, 1884, in-8o.

1881. — **Ribot.** — *Maladies de la mémoire*, Paris, 1881, in-18, VI + 165 p.

1882. — **Iung.** — *Sommeil.* — In : *Revue internationale des sciences.* 1882, p. 494.

1882. — **Max Simon.** — *Le monde des rêves.* — Paris, 1882, in-12.

1883. — **Salivas.** — *De l'influence exercée sur l'état mental par l'approche de la mort.* — Thèse, fac. de méd. de Bordeaux, 1883.

1883. — **G. Derepas.** — *Les théories de l'inconnaissable et les degrés de la connaissance.* — Paris, 1883, in-8o, IX + 221 p.

Novembre 1883. — **Alix.** — *Les rêves.* — In : *Rev. Scientif.*, 3e série, T. VI (32e de la coll.), 3e année, 2e semestre, novembre 1883, p. 554-561.

1883 et 1884. — **Kraepelin.** — *Ueber Erinnerungsfælschungen.* — *Archives f. psychiatrie*, T. XVII, p. 830-843 ; XVIII, p. 199-239 et p. 395-436. — Berlin 1886 et 1887, in-8o.

1885. — **Ball.** — *La morphinomanie, les rêves prolongés.* — Paris, 1885, in-12.

1886. — **A. Moulin.** — *L'état mental des mourants.* — In : *Rev. Philos.*, 21e année, T. XLI, p. 307-310. — Paris, 1886, in-8o.

Octobre 1886. — **X***.** — *Ce qu'on peut rêver en cinq secondes.* — In : *Rev. scientif.*, 3e série, T. XII, 30 octobre 1886, p. 572.

1886. — **Babilée.** — *Des troubles de la mémoire dans l'alcoolisme et plus particulièrement de l'amnésie alcoolique.* — Thèse fac. de méd. de Paris, 1886.

1887. — **L. Mariller.** — *La suggestion mentale et les actions mentales à distance.* — In : *Rev. Philos.*, 12e année, T. XXIII, p. 445. — Paris, 1887, in-8o.

— **Ch. Darwin.** (*The life and letters of*). — *Including an autobiographical chapter, ed. by his son* Fr. Darwin. — London, 1887, 3 vol. in-8o.

1888. — **V. Egger.** — *Le sommeil et la certitude, le sommeil et la mémoire.* — Examen des théories de M. Delbœuf. — In : *La critique philos.*, nouv. série, 4e année, no 5 (mai 1888), p. 321-350. — Paris, 1888, in-8o.

— **Schüle.** — *Traité des maladies mentales.* — Trad. Dagonet et Duhamel, p. 225. — Paris 1888.

— **H.-C. Wood.** — *Therapeutics, its principles and practice.* — London, 1888, in-8o.

1888. — **W.-H. Burnham.** — Note (sans titre). — In : *The american journal of psychology*, T. I, p. 735. — Baltimore 1888, in-8o.

— **Tannery.** — In : *Critique Philos.* — Année 1888, p. 343-349.

— **J. Huglings Jackson.** — *On a particular variety of epilepsy* (« *Intellectual aura* »). — In : Brain, T. XI, juillet 1888, p. 178-207. — London, 1889, in-8o.

1889. — **Alix.** — *Étude du rêve.* — In : *Mémoires de l'académie des sciences, inscriptions et belles lettres de Toulouse*, 9e série, T. I, p. 283-326. — Toulouse, 1889, in-8o.

1889. — **Burnham.** — *Memory historically and experimentaly considered.* III. *Paramnésia.* — In : *The american journal of psychology*, T. II, no 3, p. 431-464. — Baltimore, may 1889, in-8o.

1889. — **Dagonet.** — *Du rêve et du délire alcoolique.* — In : *Annales médicopsychol*, 7e sér., T. X, 47e année, p. 193-208 et p. 337-354. — Paris, 1889, in-8o.

1889. — **Paulhan.** — *L'activité mentale et les éléments de l'esprit.* — Paris, 1889, in-8o.

1890. — **M. Guyau.** — *La genèse de l'idée de temps.* — Paris, 1890, in-18, XXXV + 142 p.

1890. — **Th. de Quincey.** — *Confessions d'un mangeur d'opium.* — Première traduction intégrale par V. Descreux. — Paris, 1890, in-18, XXXIV + 311 p.

1892. — **P. Sollier.** — *Les troubles de la mémoire.* — Paris, 1892, in-12.

1894. — **Féré.** — *Pathologie des émotions.* — Paris, 1892, in-8°.

— **Dugas.** — *Observations de fausse mémoire.* — In : *Revue Philos.*, 19e année, T. XXXVII, p. 34. — Paris, 1894, in-8°.

1894. — Anonyme **(A.-C. Hartley).** — *Les sensations d'un noyé.* — In : *Rev. Scientif.*, 4e sér., 31e année. 1er semestre, p. 700.

1894. — **Fr. Paulhan.** — *A propos de l'activité de l'esprit dans le rêve.* — In ; *Rev. Philos.*, 19e année, T. XXXVIII, p. 546-548. — Paris, 1894, in-8°.

— **Lapie.** — *Note sur la paramnésie.* — *Rev. Philos.*, 19e année, T. XXXVII, p. 351-352. Paris, 1894, in-8°.

— **Dugas.** — *L'impression du toujours-nouveau et celle du déjà-vu.* — In : *Revue Philos.*, 19e année, T. XXXVIII, p. 40-46. — Paris, 1894, in-8°.

1894. — **Le Lorrain.** — *De la durée du temps dans le rêve.* — In. *Rev. Philos.*, 19e année, T. XXXVIII, p. 275-279 — Paris, 1894, in-8°.

1894. — **Paul Tannery.** — *Sur l'activité de l'esprit dans le rêve.* In : *Rev. philos.*, 19e année, T. XXXVIII, p. 630-634. — Paris, 1894, in-8°.

1894. — **Ph. Tissié.** — *Les rêves.* — Paris, 1994, in-16.

1895. — **Le Lorrain.** — *Le rêve.* — *Rev. Philos.*, 20e année, T. XL, p. 40-69. — Paris, 1895, in-8°

1895. — **L. D.** — *A propos de l'appréciation du temps dans le rêve.* — *Rev. philos.*, 20e année, T. XL, p. 69-72. — Paris. 1895, in-8°.

1895. — **Egger.** — *Le moi des mourants.* — *Rev. Philos.*, 20e année, T. XLI, p. 26-28. — Paris, 1895, in-8°.

1895. — **Egger.** — *Le moi des mourants* (nouveaux faits). — *Revue philos.*, 21e année, T. XLII, p. 337-368, Paris, 1895, in-8°.

— **P. Sollier.** — *L'état mental des mourants.* — *Rev. philos.*, 21e année, T. XLI, p. 303-307, Paris, 1895, in-8°.

1896. — Anonyme. — *Traité théorique et pratique du haschich.* — Paris, 1895, in-12, 177 p.

1896. — **Laurent.** — *Psychologie des fumeurs d'opium.* — In : Comptes rendus du Congrès des médecins aliénistes et neurologistes, 7e session, 5 août 1896, p. 350-372. — Nancy, 1896. in-8o.

— **Marie de Manaceine.** — *Le sommeil tiers de notre vie.* — Trad. par E. Aubert. — Paris, 1896, in-18, 358 p.

1897. — **Dugas.** — *Le sommeil et la cérébration inconsciente pendant le sommeil.* — *Rev. Philos.*, 22e année, T. XLIII, p. 410-421, Paris, 1897, in-8o.

— **A. Guillon.** *Essai sur les hypermnésies.* — Paris, 1897, in-8o.

— **Havelock-Ellis.** — *A note on hypnagogic paramnesia.* — In : *Mind ; New series*, T. VI, no 22, p. 787.

1897. — **Clavière.** — *La rapidité de la pensée dans le rêve.* — *Rev. Philos.*, 22e année, T. XLIII, p. 507-512. — Paris, 1897, in-8o.

— **E. Goblot.** — *Le souvenir du rêve.* — *Rev. philos.*, 22e année, T. XLIII, p. 672. — Paris, 1897, in-8o.

1898. — **Egger.** — *Le souvenir dans le rêve.* — *Rev. Philos.*, 23e année, T. XLVI, p. 154-157.

— **Bernard-Leroy.** — *L'Illusion de fausse reconnaissance, contribution à l'étude des conditions psychologiques de la reconnaissance de souvenirs.* — Paris, 1898, in-8o.

— **Malapert.** — *La perception de ressemblance.* — *Rev. Philos.*, 23e année, T. XLV, p 61-75. — Paris, 1898, in-8o.

1899. — **Thibault.** — Thèse, fac. de méd. de Bordeaux, 1899.

1900. — **H. Hoeffding.** — *Esquisse d'une psychologie fondée sur l'expérience.* — Édition française rédigée par L. Poitevin. — Paris, 1900, in-8o.

AUTEURS CITÉS

TABLE DES MATIÈRES

BIBLIOTHÈQUE NATIONALE R.F. IMPRIMÉS

Grande Imprimerie de Blois, 2, rue Haute. — 3087.

BIBLIOTHEQUE NATIONALE DE FRANCE
3 7531 00387863 5

www.ingramcontent.com/pod-product-compliance
Lightning Source LLC
Chambersburg PA
CBHW060823250626
47162CB00005B/1918
9782019561819